マニアニ 絵

もくじ

北海道 視線《しせん》を感じる滝《たき》 4
青森県 橋を叩《たた》く音 10
岩手県 ダムに引きずり込《こ》む手 14
宮城県 後部座席《ざせき》の音 18
秋田県 千秋《せんしゅう》公園の思い出 22
山形県 非通知の電話 24
福島県 遊園地の少年 28
茨城県 貞子《さだこ》の井戸 32
栃木県 旧校舎があった場所 36
群馬県 はねたき橋の看板《かんばん》 40
埼玉県 吊《つ》り橋の白い煙《けむり》 44
千葉県 真夜中のシャワー 48
東京都 自殺者が相次《あいつ》ぐ団地 52
神奈川県 こどもの国の弾薬《だんやく》庫《こ》跡《あと》 58
新潟県 川辺の息づかい 62
富山県 ダムで遭遇《そうぐう》した怪異《かいい》 64
石川県 天狗《てんぐ》の森の怪《かい》 68
福井県 煙《けむ》たい車内 74
山梨県 窓越《まどご》しの視線《しせん》 78
長野県 天竜大明神池《てんりゅうだいみょうじんいけ》の噂《うわさ》 82
岐阜県 残された画像 86
静岡県 トンネルの子どもたち 90
愛知県 三ツ口池《みつくちいけ》の三婆《ばあ》 94

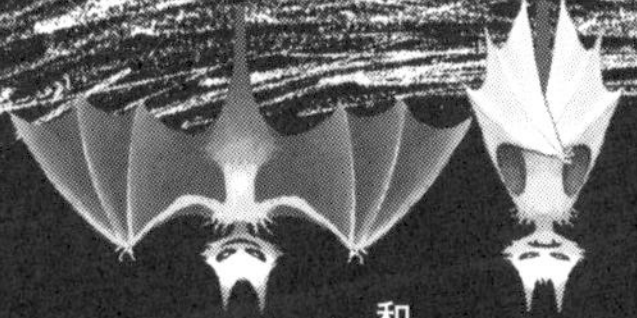

三重県　呪《のろ》われし鶯花荘寮《おうかそうりょう》　98
滋賀県　土倉鉱山跡《つちくらこうざんあと》の人影《ひとかげ》　102
京都府　深夜の水音　106
大阪府　最恐《さいきょう》の308号室　108
兵庫県　夏の夕暮《ゆうぐ》れ時に見えたもの　112
奈良県　幻《まぼろし》の電話ボックス　118
和歌山県　心霊《しんれい》好きが集《つど》う駅舎　122
鳥取県　規則正しい足音　126
島根県　狂《くる》った磁場《じば》のせい　130
岡山県　キューピーの館　134
広島県　見てはいけない山のモノ　138
山口県　おいでおいで　142

香川県　峠《とうげ》のお地蔵《じぞう》さま　146
愛媛県　嘆《なげ》きのキリシタン　150
徳島県　封《ふう》じられたトンネル　154
高知県　惨劇《さんげき》の海岸　156
福岡県　トンネルの中の光　160
佐賀県　屋上の客　164
長崎県　バイク乗りのタブー　168
熊本県　美しい川の罠《わな》　172
大分県　人の気配　176
宮崎県　御池《みいけ》の怪異《かいい》　178
鹿児島県　心霊《しんれい》写真の名所　182
沖縄県　喜屋武岬《きゃんみさき》の禁句　188

北海道

視線《しせん》を感じる滝《たき》

スーパーやドラッグストアが立ち並《なら》ぶ駅前を通り過ぎ、住宅街《じゅうたくがい》を抜《ぬ》けて山の方へ向かって歩いていくと、「星置《ほしおき》の滝《たき》」と書かれた看板《かんばん》が見えてきた。

「あっ、本当にあった……！」

ソウマは驚《おどろ》いた様子で、その看板《かんばん》をじっと眺《なが》めている。

「ふっふっふ……」

隣《となり》にいたリョウは、得意げな顔でソウマの方を向いた。

「ほーら。住宅街《じゅうたくがい》の先に滝《たき》があるって、嘘《うそ》じゃないだろ。ここが知る人ぞ知る、星置《ほしおき》の滝《たき》なんだ！　緑豊かな景観も美しく、特に紅葉《こうよう》のシーズンには辺り一面

が真っ赤に染《そ》まって……」

両手を広げ、大げさに語り始めるリョウの肩《かた》を、ソウマは「わかった、わかった」と言いながら、ポンポンと叩《たた》いた。

「じゃあさ、せっかく来たんだから、滝《たき》を観《み》て帰ろうぜ」

「え……。観《み》に行くの？」

さっきまでのドヤ顔が嘘《うそ》のように、リョウの表情は引きつっている。

「何だよ。さっきまでガイドみたいに、さんざん解説していたくせに。ここまで来て帰るっていうのも変な話だぞ」

「いやぁ、だってさ。もう日も暮《く》れてきたし。それに……」

リョウは言葉をためらうように、口をモゴモゴさせた。

「それに？　どうしたんだ？」

「……実は」

意を決したように、リョウは顔を上げて話を始めた。

「星置《ほしおき》の滝《たき》は心霊《しんれい》スポットとしても有名なんだ。何人もの自殺志願者が滝《たき》に飛び込《こ》んだっていう噂《うわさ》があってさ。誰《だれ》もいないはずなのに視線《しせん》を感じたとか、水の中にいくつもの目が浮《う》かび上がっているのが見えたとか、いろいろな体験談を聞くんだよ」

いつになく真剣《しんけん》な表情で語るリョウだったが、ソウマは顔色を変えずに周囲をキョロキョロと見渡《みわた》している。

「おっ、おい！　ソウマ、聞いているのか？」

「そんな噂話《うわさばなし》より、俺《おれ》が求めているのは絶景だよ、絶景」

気にもしない様子で滝《たき》の方に向かってどんどん歩いて行くソウマを、リョウは慌《あわ》てて追いかけた。

「わぁ、すごいキレイじゃん！　ここが心霊《しんれい》スポットなんて冗談《じょうだん》だろ？」

星置《ほしおき》の滝《たき》を前にしたソウマは、感嘆《かんたん》の声を上げた。

「リョウ、写真を撮《と》ってくれよ。みんなに送るわ」

「ま、まぁ……いいけど」

ここが心霊《しんれい》スポットとは思えないほど、ソウマははしゃいでいた。

そんなソウマの姿《すがた》に感化されたのか、リョウも次第《しだい》に落ち着きを取り戻《もど》し、景色を楽しむ余裕《よゆう》が出てきた。


「よーし、そろそろ行こうか」

「うん、そうだな」

それからしばらくして、辺りに夜の帳《とばり》が下りると、どちらからともなく、そろそろ帰ろうと言い出した。

すると突然《とつぜん》ソウマが立ち上がり、口を開いた。

「視線《しせん》……。視線《しせん》を感じる」

その言葉に驚《おどろ》いたリョウが滝《たき》の方を見るが、何も変わった様子はない。

「……いや、そっちじゃない」

ソウマは目だけを動かして、滝《たき》の脇《わき》にある茂《しげ》みの方を示した。

リョウもその方向を目で追うと、生《お》い茂《しげ》った木の間にふたつの光が見えた。

「な、何だ、あれ？」


そう思ったと同時に、ガサガサッと木々が揺《ゆ》れ、その奥《おく》から巨大《きょだい》なシルエットが浮《う》かび上がった。間もなく、ふたりの周囲に獣臭《けものしゅう》が立ちのぼった。

「熊だっ！」

青森県

橋を叩《たた》く音

「へぇー。夜に来るとこんな感じなんだ」

「せっかくの紅葉《こうよう》も、闇《やみ》の中じゃ何がなんだかわかんないなぁ」

リクトたちは口々にそんなことを言い合いながら、周囲に広がる漆黒《しっこく》の景色を眺《なが》めていた。

ここ、城ケ《じょうが》倉《くら》大橋は、青森県でも有数の観光スポットだ。

橋の全長は３６０メートル、谷底からの高さは１２２メートルで、上路式アーチ橋としては日本一の長さを誇《ほこ》る。また、橋の上から望む３６０度の大パノラマも人気で、特に紅葉《こうよう》シーズンには、たくさんの観光客が絶景を楽しんでいる。

「まぁ、こんな真夜中に城ヶ倉大橋《じょうがくら》を訪《おとず》れる変わり者なんて、俺《おれ》たちくらいなもんでしょー」

おどけた口調でヒカルが言うと、横にいたダイチが「いやいや」と首を横に振《ふ》った。

「いまはもう秋だから人はほとんどいないけど、夏の間は深夜でも賑《にぎ》わうことがあるらしいぞ。なんせここは、有名な心霊《しんれい》スポットだからな」

「心霊《しんれい》スポット!?」

リクトとヒカルが同時に声を出した。

「ああ。橋を歩いていると、何かが足を引っ張って、橋から下に引きずり込《こ》まれそうになったりとか、白い影《かげ》が橋から飛び降《お》りる様子が目撃《もくげき》されたりとか、いろんな噂《うわさ》があるんだ。だから、夏は肝試《きもだめ》しに来る人が多いんだよ」

ダイチが話を終えると、ふたりは静まり返ってしまった。

「……なんかちょっと寒くなってきたな。そろそろ帰ろうぜ」
急に空気が冷えるのを感じ、橋の中ほどに停《と》めていた車に向かって歩き出した、そのときだった。

カーン……カーン……
金属を叩《たた》くような高い音が、暗闇《くらやみ》の中で繰《く》り返された。
全員が思わず足を止め、周囲を見回す。

カーン、カーン、カーン、カーン
さっきより、音の間隔《かんかく》が短くなってきた。
「なぁ。この音、橋の下の方から聞こえてこない？」
「うん……。橋の柱に誰《だれ》かが石をぶつけているのかな……」

「夜中に誰《だれ》がそんなことやるんだよ。それに、橋の下は深い谷底だぞ」

気温とは違《ちが》う意味で寒気を感じた３人は、急いで車に駆《か》け込《こ》み、発車しようとした。すると、再び異音《いおん》が聞こえてきた。


コン……コン……コン……コン……

今度は車のフロントドアを叩《たた》く音だった。

「お、おいっ！　早く、車を出せよっ！」

「そんなのわかってるよ！　でも足が動かねぇーんだよっ！」

悲鳴に近い声がこだますると、ドアを叩《たた》く音も勢いを増した。

コンコンコンコンコンコンコンコンコンコン…………コン………

ふと、静寂《せいじゃく》が訪《おとず》れた瞬間《しゅんかん》。暗い車内に、女の低い声が響《ひび》き渡《わた》った。


「カエルナヨ」

岩手県

ダムに引きずり込《こ》む手

「ケンジ、これから学食行かない？」

「ごめん。この後、予定があるんだ。ほら、例の学校案内」

「ああ、高校の後輩《こうはい》が来るんだっけ。じゃあな、また部室で！」

そう言って去っていくユウタを見送ると、ケンジは大学の正門へ向かった。


ケンジが待ち合わせている後輩《こうはい》とは、２学年下のハルトだ。

今は高校３年生で、受験勉強の傍《かたわ》ら、大学訪問《ほうもん》を行っているらしい。ケンジとは１年間しかかぶらなかったが、同じ部活のメンバーとして仲良くしていた。

その後、ケンジが県内の大学に進学すると、「ぜひ案内してほしい」と連絡《れんらく》があり、今日ついにそれが実現することになった。

「あっ！　ケンジ先輩《せんぱい》！」

大学前の坂道を、大きく手を振《ふ》りながら上ってくるハルトの姿《すがた》が見えた。

「おー。久しぶり！　元気だった？」

ふたりは久々の再会を果たすと、さっそく校内を巡《めぐ》ることにした。

「ところで、ケンジ先輩《せんぱい》は何かのサークルに入っているんですか？」

「俺《おれ》はね、映画《えいが》研究会。みんなで自主制作映画《えいが》を撮《と》ったりしているんだ」

「えー!?　高校時代の部活と違《ちが》うんだ。意外だなぁ」

「もともと映画《えいが》を観《み》るのは好きだったんだけど、撮《と》る方にも興味があってさ。ロケに行ったりして楽しいよ。去年は四十四田《しじゅうしだ》ダムにも行ったなぁ」

そう言うと、すぐにケンジはしまったという顔をした。

「……四十四田《しじゅうしだ》ダム。あっ。去年、水難《すいなん》事故がありましたよね。たしか亡《な》くなったのってケンジ先輩《せんぱい》の大学の人……。まさか、映画《えいが》研究会の!?」

ハルトは興奮《こうふん》した様子で、ケンジに顔を近づけた。

「ああ……。そうだよ。亡《な》くなったのは映画《えいが》研究会の4年生だったんだ」

「やっぱり！　何日も行方《ゆくえ》不明で、連日報道されていたから、記憶《きおく》に残っていたんですよ。それに、あの事故は不自然なところもあるとかで……」

すると、ハルトの言葉を遮《さえぎ》るように、ケンジが口を挟《はさ》んだ。

「あの事故の後、その先輩《せんぱい》がダムに飛び込《こ》んだときの最期《さいご》の映像《えいぞう》をみんなで観《み》たんだ。するとさ、水中から出た無数の手が、先輩《せんぱい》の体を掴《つか》んで引きずり込《こ》もうとするのが映《うつ》っていたんだよ……」

「えっ……。それって……」

ハルトの顔が曇《くも》ると、ケンジは声のトーンを抑《おさ》えて話を続けた。

「幽霊《ゆうれい》の手だと思う……。四十四田《しじゅうしだ》ダムって、昔から心霊《しんれい》が出るという噂《うわさ》があるんだ。きっと先輩《せんぱい》もその霊《れい》に……」

一瞬《いっしゅん》、ふたりの間に気まずい空気が流れた。

その後、気を取り直して、大学内のさまざまなスポットを訪《おとず》れたハルトは、満足した様子で帰っていった。ハルトを見送ったケンジは、映画《えいが》研究会の部室に顔を出すと、カメラの手入れをしているユウタと目が合った。

「おっ、ケンジ。後輩《こうはい》はもう帰ったのか？」

「うん、ついさっき。いやぁ、アイツ、四十四田《しじゅうしだ》ダムの事故のことを覚えていてさぁ。正直焦《あせ》っちゃったよ」

「おい、お前、変なことを喋《しゃべ》っていないだろうな？」

ユウタは鋭《するど》い目つきで、ケンジの顔を睨《にら》んだ。

「だ、大丈夫《だいじょうぶ》だよ。心霊《しんれい》のせいだって嘘《うそ》をついたら、信じた様子だったたし」

「それならいいけど……。俺《おれ》たちが先輩《せんぱい》をけしかけて溺《おぼ》れさせたのがバレたら、タダじゃ済《す》まないからな……」

宮城県

後部座席《ざせき》の音

「すずらん峠《とうげ》には幽霊《ゆうれい》が出るんだって」

小学生の頃《ころ》。クラスメートの誰《だれ》かが話していたそんな噂《うわさ》を、十数年経《た》った今になって、ふと思い出した。仕事先へと向かう車の中から、「この先、すずらん峠《とうげ》」と書かれた看板《かんばん》が見えたからだ。

「あれって、どんな幽霊《ゆうれい》なんだっけ……？」

ソウタは記憶《きおく》をたぐり寄せたが、詳《くわ》しい内容を思い出すことができなかった。

そうこうしているうちに、車はすずらん峠《とうげ》に差しかかった。

鬱蒼《うっそう》とした木々が生《お》い茂《しげ》る道を走っていると、ふと人影《ひとかげ》に気がついた。

「あんな所で何をやっているんだろう」

少しスピードを落としてみると、道路脇《わき》の木かげに腰《こし》を掛《か》けている老婆《ろうば》の姿《すがた》が見えた。田舎《いなか》では、山菜や木の実を採るために山道を一人で歩いているお年寄りの姿《すがた》をしばしば見かけることがある。だから、最初はソウタも特段《とくだん》不自然には思わなかった。

しかし、車が近づいたその時、急に老婆《ろうば》が車の前に立ちはだかった。

「オイッ‼　危《あぶ》ないじゃないかっ！」

慌《あわ》ててブレーキを踏《ふ》んだソウタは、窓《まど》を開けて怒鳴《どな》りつけた。

ところが、老婆《ろうば》は何も聞こえていないかのように、トコトコと近寄ってきたかと思うと、断りもせずに車の後部座席《ざせき》のドアを開けて乗り込《こ》んできた。

「えっ、ちょっと何してんだよ⁉」

「ああ。家に帰る途中《とちゅう》、疲《つか》れてしまってね。具合の悪い老人を途中《とちゅう》まで乗せてくれてもよかろうに。置いていって私《わたし》が死んだら寝覚《ねざ》めが悪かろ？」

嫌味《いやみ》たっぷりに言って、老婆《ろうば》はジロリとソウタを見てくる。

「チッ、何だよ、めんどくせえな。勝手に乗り込《こ》むとか、どんな神経してんだよ。図々《ずうずう》しいババアだな」

そう言いながらも、仕方なくソウタが車を発進させると、

「罰《ばち》があたればええんじゃや、罰《ばち》があたれ、罰《ばち》が……」

と老婆《ろうば》はブツブツ呟《つぶや》いていた。


車を発進させて数分が過ぎた頃《ころ》。突然《とつぜん》、後部座席《ざせき》から音が聞こえてきた。

ゴロン、ゴロン……

バックミラーを見ると、横たわっている老婆《ろうば》の足が見えた。

ゴロン……ゴロン……

何かが転がるような音がしばらく続くと、ソウタは再び後部座席《ざせき》を見た。

すると、老婆《ろうば》の姿《すがた》がない。

あ然としたのと同時に、今度はソウタの足もとから音が聞こえた。

ゴロン……

恐《おそ》る恐《おそ》る目を下に向けると、左右にグラグラと揺《ゆ》れる老婆《ろうば》の生首が、不気味な笑《え》みを浮《う》かべていた。

「うわぁあああっ！」

思わず急ブレーキを踏《ふ》むと、ソウタの車は激《はげ》しいスピンを起こし、ガードレールに向かってぶつかっていった。

その瞬間《しゅんかん》、ソウタはあの噂《うわさ》の内容をハッと思い出した。

「すずらん峠《とうげ》には幽霊《ゆうれい》が出るんだって。その場所でバラバラ死体で発見された、おばあちゃんの幽霊《ゆうれい》が」

秋田県

千秋《せんしゅう》公園の思い出

「ヤノさん、秋田県の出身でしたよね。おすすめの場所ってありますか？」

ある日、同僚《どうりょう》のモリタさんが話しかけてきた。この週末に秋田旅行に行くそうで、初めて訪《おとず》れるので観光名所を教えてほしいということだった。

「うーん。いろいろあるけど、千秋《せんしゅう》公園はどうかな。久保田城の跡地《あとち》に作られた公園なんだけど、園内には日本庭園や神社なんかがあって、きれいな景色が楽しめるよ。歴史に興味があれば、書院跡《しょいんあと》や史料館《しりょうかん》とか……」

そんな話をしていると、僕《ぼく》の脳裏《のうり》に幼《おさな》いときの記憶《きおく》が蘇《よみがえ》った。

まだ小学校に上がる前だった。当時、僕《ぼく》は祖父母に連れられて、よく千秋《せんしゅう》公園に遊びに来ていた。公園内の散歩は大好きだったが、元武家屋敷《やしき》の跡地《あとち》の前に来ると、祖父の後ろに身を隠《かく》し、早歩きで通り過ぎるようにしていた。

なぜなら、そこにはいつも、悲しげな顔をした武士の幽霊《ゆうれい》が立っていたからだ。怖《こわ》いというよりも、彼《かれ》の苦痛《くつう》に満ちた顔を見るのが辛《つら》かったのだ。

もちろん、そんな話はモリタさんにはしなかった。

週明けの月曜日。モリタさんはにこやかな笑顔《えがお》で、なまはげの形をしたクッキーを差し出してきた。

「これ秋田土産《みやげ》です。教えていただいた千秋《せんしゅう》公園、とてもよかったです!」

そう言うと、モリタさんは携帯《けいたい》を取り出し、千秋《せんしゅう》公園で撮影《さつえい》した画像を僕《ぼく》に見せてきた。懐《なつ》かしい風景に目を細めていると、ある画像が目に留まった。

「あいつ、まだいたんだ……」

山形県

非通知の電話

アスカといっしょに山刀伐峠《なたぎりとうげ》へ行ったのは２週間ほど前のことだ。

それまでお互《たが》いが忙《いそが》しい毎日だったので、久々のデートはレンタカーを借りて、自然が豊かな場所でのんびり遊ぼうということになった。

日帰り温泉《おんせん》や植物園などにも立ち寄り、楽しい１日を過ごした僕《ぼく》たちは、充《じゅう》実感《じっかん》を覚えながら帰途《きと》についた。

その途中《とちゅう》、山刀伐《なたぎり》トンネルに差しかかったときだった。

突然《とつぜん》、アスカが口を開いた。

「ねぇ。あそこの電話ボックスに、女の人がいる」

トンネルの入り口には、いまはあまり見かけなくなった電話ボックスがあった。しかし、ボックスの中には誰《だれ》もいない。

「え？　女の人？　どこに？」

「よく見てよ、いるじゃん。一人なのかな。なんでこんな所にいるんだろう」

もう一度、電話ボックスを見たが、やはり人の姿《すがた》はどこにもない。

変なことを言うなよ、と僕《ぼく》が言いかけた瞬間《しゅんかん》。アスカが小さく声を上げた。

「あっ……！　目が合っちゃった……」

その後も、アスカは電話ボックスの女の人のことをずっと気にしていた。

髪《かみ》の長さは肩《かた》くらい、ツリ目で、黒いワンピースを着ていたと語っていた。

次の日、アスカが怯《おび》えた声で電話をかけてきた。

「ねぇ、聞いて。さっきね、変な電話があったの」

「変な電話？」

「うん。非通知表示でね、女の人がボソボソと小さい声で喋《しゃべ》っているの」

「どんな風に？」

「最初はよくわからなかったんだけど、耳をすまして聞いてみると『もうすぐ着くよ』って言っていて……」

「うわぁ。気持ち悪っ。いたずら電話かな？　とりあえず、非通知からの電話は無視《むし》したほうがいいな」

「うん。そうだね、そうする」

アスカは少しホッとした様子で電話を切った。しかし、これがアスカとの最後の会話になるとは、そのときは夢にも思わなかった。

数日後、警察《けいさつ》から連絡《れんらく》があり、アスカが行方《ゆくえ》不明になったことを知らされた。電話があったあの晩《ばん》、山の方面へと向かうバスに一人で乗ったのを最後に、目《もく》撃《げき》情報が途絶《とだ》えているらしい。警察《けいさつ》から「何か心当たりはありますか」と聞かれたので、僕《ぼく》は、非通知の電話があった話をした。

「ふむ。そうすると、非通知設定している電話か、公衆《こうしゅう》電話かな」

警察《けいさつ》がそう呟《つぶや》いたとき、僕《ぼく》の脳裏《のうり》に、山刀伐《なたぎり》トンネルの入り口にあった電話ボックスが浮《う》かんだ。

「彼女《かのじょ》、知らない女の声で『もうすぐ着くよ』って言われたって……」

さらに詳《くわ》しい話をしていると、ふと、ある考えが頭をよぎった。

（もしかすると『もうすぐ憑《つ》くよ』だったのかも……）

福島県

遊園地の少年

「ママ。あの黒いの、なぁに？」

ヒトミが車を運転していると、助手席に座《すわ》っていた息子《むすこ》のアユムが窓《まど》の外を指差した。目をやると、丘陵《きゅうりょう》地帯を取り囲むように設置された黒い板状の物体が見えた。

「ああ。あれはね、ソーラーパネルっていうの」

「ソーラーパネル？」

「うん。太陽の光で発電を行うためのパネルだよ。でもね、昔はあの辺りに遊園地があったんだよ」

「えっ!?　遊園地？」

アユムは目をキラキラさせながら、ヒトミの顔を見た。

「そう。『高子沼《たかこぬま》グリーンランド』っていってね、ジェットコースターとかお化け屋敷《やしき》とか、いろいろなアトラクションがあったの。ママがアユムくらいの年だった頃《ころ》、よく連れて行ってもらったなぁ……」

ヒトミは目を細めながら、当時のことを回想していた。


そのとき、ふと忘《わす》れていたはずの記憶《きおく》が蘇《よみがえ》った。

高子沼《たかこぬま》グリーンランドで会った少年のことだ。年齢《ねんれい》はヒトミと同じくらいだっただろうか。ひょろりと細長い体型で、白いTシャツに短パン姿《すがた》だった。

青い野球帽《ぼう》を目深《まぶか》にかぶっていたので顔ははっきりと覚えていないが、ヒトミには強く印象に残っていた。

その理由は、いつ遊園地に行っても、どのアトラクションに乗っていても、すぐ近くに少年がいたからだ。

ジェットコースターでは真後ろに、観覧車《かんらんしゃ》では隣《となり》のゴンドラに、お化け屋敷《やしき》では目の前に。少年は、常にヒトミの視界《しかい》に入っていた。

「そういえば、あの子……。変だった……」

記憶《きおく》が鮮明《せんめい》になるにつれ、ヒトミは少年に対して違和感《いわかん》を覚えた。

少年はいつも一人ぼっちだったし、夏でも冬でも同じ格好をしていた。それに、ヒトミの家族を含《ふく》め、誰《だれ》も少年の様子を気に留《と》める人はいなかった。

「もしかして、あの子……」

イヤな想像が湧《わ》いてきたヒトミは、話題を変えようとアユムに話しかけた。

「ねえ、アユム。晩《ばん》ごはん、何が食べたい？」

笑顔《えがお》で横を向いた瞬間《しゅんかん》、ヒトミは凍《こお》りついた。助手席には、アユムではなく青い野球帽《ぼう》を目深《まぶか》にかぶった少年が座《すわ》っていた。

茨城県

貞子《さだこ》の井戸

「ねぇ。この辺りに〝貞子《さだこ》の井戸〟があるの、知ってる？」

前を歩いていたシオンが、突然《とつぜん》、変なことを言った。

「貞子《さだこ》の井戸？　何それ？」

私《わたし》がきょとんとすると、シオンは含《ふく》み笑いをして話を始めた。

「ほら、昔のホラー映画《えいが》で、長い黒髪《くろかみ》の女が井戸から出てくる有名なシーンがあるじゃん。そのモチーフになった井戸が佐白山《さしろさん》にあるんだって」

佐白山《さしろさん》は、笠間盆地《かさまぼんち》の中央にそびえる自然豊かな山だ。シオンと私《わたし》は、ハイキングを楽しむためにやって来た。

「ふーん。でも今は、井戸よりも山頂《さんちょう》でしょ。早くゴールして、お弁当を食べようよ。私《わたし》、お腹空《なかす》いちゃったー」

「ほんとに、あんたって食い意地が張ってるよねぇ」

私《わたし》たちは笑い合うと、再び歩きを早めた。

その後、無事に山頂《さんちょう》に到着《とうちゃく》すると、近くの東屋《あずまや》で休憩《きゅうけい》することにした。

「ねぇねぇ。帰りは、登りと違《ちが》うコースにしようよ。そっちだとね、例の井戸が近くにあるんだって」

スマートフォンの画面を見つめたままシオンは言った。どうやら井戸について、いろいろ調べているようだ。

「実はね、佐白山《さしろさん》には井戸がいくつか存在《そんざい》していて、3つ見つけたら呪《のろ》われるとか、全部で4つある井戸をすべて覗《のぞ》き込《こ》んだら死ぬとか、いろいろな噂《うわさ》があるの。そのなかでも一番ヤバいのが、貞子《さだこ》の井戸なのよ！」

「へぇ。どんなふうにヤバいの？」

「昔ね、この近くに住んでいた女性が殺されて井戸に投げ込《こ》まれたんだって。その井戸こそが、貞子《さだこ》の井戸なの。その井戸を覗《のぞ》くとね、女性の顔が現れて、呪《のろ》われるんだって」

シオンは声のトーンを下げて、私《わたし》に顔を近づけてきた。

「……はいはい。じゃあそんな井戸を見るために、そろそろ行こっ」

私《わたし》はシオンを軽くあしらい、水筒《すいとう》のお茶をグイッと飲み干《ほ》した。


しばらく山を下っていると、1本の脇道《わきみち》が見えた。シオンいわく、ここが貞《さだ》子《こ》の井戸へ続く道らしい。私《わたし》たちは無言で頷《うなず》くと、脇道《わきみち》に沿《そ》って歩いた。

そして、5分ほど進むと、ついに貞子《さだこ》の井戸を目《ま》の当たりにした。

「なんだ。もっと不気味な感じの井戸を想像していたけど、そうでもないねー」

「うん。それにフタもしてあるんだね。これじゃあ、中は覗《のぞ》けないわー」

少しホッとしながら私《わたし》が言うと、シオンは「あっ」と声を上げた。

「ねっ。こっち側のフタ、ちょっとズレてる。隙間《すきま》から中を覗《のぞ》けるかも！」

「やめなよー。気持ち悪いじゃん」

井戸に近づこうとするシオンを制止しながら、私《わたし》は井戸の隙間《すきま》に視線《しせん》を向けた。2センチほどの隙間《すきま》には、ところどころ石や落ち葉が挟《はさ》まっていて、井戸の中は真っ暗だ。おどろおどろしい雰囲気《ふんいき》があり、「これ以上近づいてはいけない」と、本能的に感じ取った。

その時だった。隙間《すきま》に挟《はさ》まっていた丸い石がコロリと転がり、奥《おく》に隠《かく》れていたもう1つの石が現れた。不思議な動きをする2つの石に目を奪《うば》われていると、ハッと気がついた。

それは石ではなく人間の眼球だった。恨《うら》めしい感情を宿した眼球だった。

栃木県

旧校舎があった場所

三者面談を終えたサエは、教室を出ると、いきなり母の腕《うで》を掴《つか》んだ。

「あー。お腹《なか》すいた！　お母さん、何か食べて帰ろうよ。お寿司《すし》は？」

「あんたねぇ……。進路について先生と相談したばっかりでしょう？　よく食べ物の話なんかできるわねぇ」

「だって受験は来年じゃん。空腹《くうふく》は、いま起こっている問題だもん」

減らず口をたたくサエに、母親は呆《あき》れた表情を浮《う》かべた。

バシャッ、バシャッ、バシャッ！

廊下《ろうか》を歩いていると、プールの方から騒《さわ》がしい水の音が聞こえてくる。

どうやら水泳部が練習をしているようだ。

「そういえば、お母さんも中学時代は水泳部だったって言ってたよね。しかも、この中学校の卒業生でしょう。懐《なつ》かしい？」

サエがそう言うと、母は「ふふふ」と小さく笑った。

「私《わたし》がこの学校に通っていたのは旧校舎の時代よ。懐《なつ》かしさは感じません」

「旧校舎？　ってことは、もともと違《ちが》う場所にあったの？」

「そうそう。でも新しい校舎になって、ずいぶん明るい印象になったわね。旧校舎は首切り坂に隣接《りんせつ》していたし、いろいろ怖《こわ》かったのよー」

笑顔《えがお》で語る母親の口から、おどろおどろしい名前が飛び出してきた。

「首切り坂って、不気味な名前……。お化けが出そうだね」

「そうよ。実際によく出たんだから」

「……えっ!?」

口をあんぐりさせたサエを鼻で笑いながら、母親は話を始めた。

「首切り坂がある場所って、大昔、宇都宮藩《うつのみやはん》の処刑場《しょけいじょう》だったらしいのね。その処刑場《しょけいじょう》で切り落とされた首を洗《あら》うための『首洗《くびあら》い場』が、旧校舎のプールや弓道場があった所だっていう噂《うわさ》があってね……」

母は、すうっと息を吐《は》くと、続けてこう言った。

「私《わたし》もいろいろ見ちゃったの。実は、〝見えちゃう体質〟なのよね」

「み、見えちゃうって……。お母さんが？　幽霊《ゆうれい》を!?」

思わぬ母の告白に、サエはたじろいでしまった。

「うーん。幽霊《ゆうれい》だけじゃなくて、不思議なものがね。旧校舎の弓道場では、天《てん》井《じょう》いっぱいに無数の顔が浮《う》き上がってきて、私《わたし》を睨《にら》んできたのよ」

「え……。それマジで？」

「あと、首を切《き》られた人の苦しげな顔が窓《まど》に映《うつ》っていたりとか。そうそう、プールではね、鎧《よろい》を着た武士の幽霊《ゆうれい》も見たなぁ。それに、プールに入るとね、いつも誰《だれ》かに足を掴《つか》まれたりしていたの。すっかり慣れちゃったけどね」

顔色を変えず飄々《ひょうひょう》と語る母とは対照的に、サエの顔は引きつっている。

「で、でもさ。新しい校舎になったから、もうそんな現象は起こらないでしょう？　ここに幽霊《ゆうれい》とかいないよね？」

すると、母は少し考えた後、おもむろに口を開いた。

「……いるわよ」

「ええっ。どっ、どこに!?」

「例えばプールとかね。旧校舎の霊《れい》が、そのままついてきちゃったのかも」

そう言うと、母親は、廊下《ろうか》の窓《まど》からプールを眺《なが》めた。

誰《だれ》もいないプールは、シンと静まり返っていた。

群馬県

はねたき橋の看板《かんばん》

陽《ひ》の光がキラキラと川面《かわも》に揺《ゆ》れる渡良瀬《わたらせ》川沿《ぞ》いを、サクラは一人歩いていた。旅の目的は、川の上流にある神社へ参拝《さんぱい》することだったが、あまりにも天気がいいので、少し手前のバス停で下車して、ぶらぶらと歩いて行くことにしたのだった。

しばらく散策《さんさく》をしていると、目の前に立派《りっぱ》な橋が現れた。橋のたもとには、難《むずか》しい漢字で橋の名前が書かれていたが、サクラは読むことができなかった。

「これ、なんて読むんだろう……」

心の中で思っていたことが、ついポロッと言葉に出てしまった。

そのとき、サクラの背後《はいご》から「クスッ」と笑う声が聞こえた。振《ふ》り返ると、小柄《こがら》な女性が立っていた。女性は柔《やわ》らかな笑《え》みを浮《う》かべると、穏《おだ》やかに口を開いた。

「はねたき橋って、読むんですよ。これ」

「あっ。ああ、そうなんですね！　ありがとうございます」

サクラは少し照れながらお礼を言った。

「私《わたし》、初めて来たんですけど、こんなに立派《りっぱ》な橋があるなんて知りませんでした。橋の上からの眺《なが》めも素晴《すば》らしいですよね。せっかくだから……」

そう言うと、サクラはトートバッグからカメラを取り出し、風景を撮影《さつえい》しようとした。

するとと女性は、サクラを制止するかのように手を前に出した。

「でもこの橋、変なものが写ることもあるから、気をつけたほうがいいですよ」

「変なもの……ですか？」

サクラは驚《おどろ》いた顔を女性に向けた。

「そう。この橋はね、飛び込《こ》む人が後を絶たないの。だから……」

「……なるほど。そういう場所だったんですね……」

女性の含《ふく》みのある言い方に、サクラは何となく察しがついた。

「それに、この橋は女性が引きずり込《こ》まれやすいから」

「……それって、女性の自殺者が多いってことですか？」

女性はコクリと頷《うなず》き、話を続けた。

「その昔、この辺りには高津戸城《たかつどじょう》というお城があって、そのお城のお姫《ひめ》さまは自殺を図ったと伝えられているの。だから、女性が引きずり込《こ》まれやすいのは、お姫《ひめ》さまが仲間を呼《よ》んでいるからだっていう説があるのよ」

「へえ。そんな話があるんですね」

サクラは相槌《あいづち》を打つと、ふと、橋の欄干《らんかん》にかかっていた一枚《まい》の看板《かんばん》に目が留《と》まった。


「もう一度考え直してください」

看板《かんばん》には、そう書かれていた。

「そうか。この看板《かんばん》も自殺防止のために、かけられているんですね」

看板《かんばん》に近づいたサクラは、まじまじと見つめた。

「ええ……。でも、私《わたし》にはこんな看板《かんばん》なんて効果なかったわ。もう一度考え直す余裕《よゆう》があるんだったら、そもそもこんな所まで来ないでしょ」

急に女性の声のトーンが変わり、サクラはギョッとして後ろを振《ふ》り向いた。

しかし、すぐ後ろにいたはずの女性の姿《すがた》はどこにもなかった。

埼玉県

吊《つ》り橋の白い煙《けむり》

秩父湖《ちちぶこ》にほど近いキャンプ場に大学の仲間たちと遊びに行ったときのことだ。誰《だれ》かがハイキングに行こうと言い出し、僕《ぼく》たちは湖に沿《そ》った道を歩いていた。

すると、仲間の一人が斜《なな》め上を指さした。

「あそこに橋があるじゃん!」

上を向くと、谷間に全長200メートルほどの細長い吊《つ》り橋が見えた。

「うわっ。すごー!」

「でも、めっちゃ怖《こわ》そうー」

さまざまな感想が出てくるなか、恐怖《きょうふ》よりもスリルを楽しみたい気持ちが勝った僕《ぼく》たちは、その吊《つ》り橋を渡《わた》ることにした。

一列になって進んでいくと、ギシギシと音がする。古い橋なので足元の板はきしみ、かなり不安定だったが、それがかえって僕《ぼく》たちの興奮《こうふん》を煽《あお》った。

「……あれ？」

先頭を歩いていた僕《ぼく》は、少し先に、モクモクと白い煙《けむり》が立ち上っているのに気がついた。それはまるで、橋の上に小さな入道雲が現れたような、不思議な光景だった。

「ええっ……。何だよあれ」

「気持ち悪いな……」

仲間たちも謎《なぞ》の煙《けむり》の存在《そんざい》に気がつき、戸惑《とまど》いの表情を浮《う》かべていた。

「おい、引き返したほうがいいんじゃないか？」

誰《だれ》かが声を上げた瞬間《しゅんかん》、煙《けむり》は形を変え、僕《ぼく》たちの方に向かって流れてきた。

「うわあああっ！」

僕《ぼく》たちは悲鳴を上げて、すぐにキャンプ場へ引き返した。


その出来事を、キャンプ場の管理人さんに伝えると、「ああ、あそこはねぇ」と前置きした上で、吊《つ》り橋にまつわる、いわくつきの話を聞かせてくれた。

何でも、あの吊《つ》り橋は有名な心霊《しんれい》スポットで、誰《だれ》かに足を掴《つか》まれたりだとか、橋を渡《わた》っている途中《とちゅう》で男のうめき声が聞こえたりだとか、怪奇《かいき》現象が絶えないのだという。

しかし、その後は特に何事もなく、僕《ぼく》たちはキャンプを楽しむことができた。

そして、それぞれ帰途《きと》につき、僕《ぼく》も3日ぶりに家に帰ってきた。

しかし、いつもなら玄関《げんかん》を入ると同時に、足もとに飛びついてくる愛犬のリリーが、なぜか牙《きば》を剥《む》きながら吠《ほ》え出した。

「**ワンワンワンワンワンッ！**」

「おい。どうしたんだよ、リリー」

僕《ぼく》が近寄ると、リリーは全身を震《ふる》わせながら後ずさりをし、また吠《ほ》えた。

「うん？　リリー？」

その異様《いよう》な吠《ほ》え声に、祖母が不安げな顔でやって来た。

すると祖母は、僕《ぼく》の足を一瞥《いちべつ》して、眉《まゆ》をひそめながらこう尋《たず》ねた。

「……お前、どこか変な所へ行かなかったかい？」

一瞬《いっしゅん》、頭の中にあの吊《つ》り橋の光景がよぎる。僕《ぼく》が答えようとすると、祖母は、再び口を開いた。

「お前の足に、すごい形相《ぎょうそう》をした男の顔と手が絡《から》みついているんだよ」

千葉県

真夜中のシャワー

僕《ぼく》にとって、一人暮《ぐ》らしのアパートからほど近い里見公園は〝ちょうどいい〟公園だ。家からの距離《きょり》もちょうどいいし、公園の広さもウォーキングをするにはちょうどいい。そんな理由から、僕《ぼく》はほぼ毎日のように、里見公園を訪《おとず》れていた。

その日は5月の週末で、天候もよく、心地よい風が吹《ふ》いていた。深夜、外の空気を吸《す》いたくなったので、いつものように里見公園の遊歩道をブラブラと歩いていた。園内にはところどころに電灯が立っていて、その下にあるベンチをこうこうと照らしている。

ふと、足が止まった。前方のベンチに女性の姿《すがた》が見えたからだ。

長い髪《かみ》が顔を隠《かく》していたので表情はよくわからなかったが、薄暗《うすぐら》い電灯の下で、彼女《かのじょ》の輪郭《りんかく》だけがぼんやりと浮《う》かび上がっている。

「こんな時間に一人で不用心だな……」

そう思いながら、その女性の傍《かたわ》らを通り過ぎようとしたとき、あることに気がついた。彼女《かのじょ》は靴《くつ》を履《は》いておらず、足もとが泥《どろ》だらけだった。

その異様《いよう》な姿《すがた》に思わず立ちすくんでいると、女性はすうっと顔を上げて、こっちの方を向いた。目鼻は陰《かげ》になっていたが、その下にあらわになった唇《くちびる》は、何かをつぶやくように動いている。

「しゅーっ……しゅーっ……」

呼吸音《こきゅうおん》なのか、言葉なのか、判別がつかない不気味な音が夜の静寂《せいじゃく》を破る。

僕《ぼく》は恐怖《きょうふ》を覚え、その場から一気に駆《か》け出し、やっとの思いで自宅《じたく》にたどり着いた。

「何だったんだ、あれは……」

ベッドに寝転《ねころ》びながら、スマホで公園の不審者《ふしんしゃ》情報を検索《けんさく》してみたが、特にそのような報告は見つからなかった。ただ、過去に里見公園で殺人事件が発生し、被害者《ひがいしゃ》の女性の霊《れい》が現れるという噂話《うわさばなし》が見つかった。

それから何度も画面をスクロールしていると、だんだんと僕《ぼく》のまぶたが重くなってきた。

ジャーッ

突然《とつぜん》、シャワーの音が部屋に響《ひび》き、目を覚ました。時計を見ると夜中の3時を回った頃《ころ》だった。不気味に思いながらも、意を決してバスルームのドアを開けると、シャワーから水が勢いよく流れ続けていた。

その夜から僕《ぼく》の部屋では、しばしば同じような現象が起こるようになった。

しかし、どうすることもできず、ただその音が終わるのを待つほかになかった。

そんなある日。近ごろ、バスタブからの排水《はいすい》に詰《つ》まりを感じていた僕《ぼく》は、バスルームの大掃除《おおそうじ》をしようと考えた。そして、排水溝《はいすいこう》の中をキレイにしようと、フタを開けた瞬間《しゅんかん》、大音量で叫《さけ》んでしまった。

「ぎゃあああああっ！」

そこには、自分のではない大量の長い黒髪《くろかみ》が絡《から》まっていた。

ふと何かが横切ったような気がして鏡に視線《しせん》を移すと、自分の背後《はいご》に、泥《どろ》だらけの2本の足が映《うつ》っていた。

東京都

自殺者が相次《あいつ》ぐ団地

私《わたし》はしばしば、祖母が一人で暮《く》らしている団地を訪《おとず》れる。我《わ》が家は、年の離《はな》れた小さな弟妹《ていまい》が多くて騒《さわ》がしいので、静かな祖母の家ならば受験勉強に集中できるからだ。

そしてもう一つ、祖母の元を訪《おとず》れる理由があった。それは、最近、認知症《にんちしょう》気味の祖母を、忙《いそが》しい両親に代わって見守るためだ。

時々、祖母はボーッと一点を見つめたり、窓《まど》に向かってブツブツとひとり言を言うことがある。とはいえ、祖母とは普通《ふつう》に会話もできるし、冗談《じょうだん》だって言い合う。それに、美味《おい》しい夕食も作ってくれる。

私《わたし》にとって祖母は、〝ちょっと天然なおばあちゃん〟という印象だ。

ある日。祖母の家に行った私《わたし》は、前々から気になっていたことを、思い切って尋《たず》ねてみることにした。

「ねぇ、おばあちゃん」

「うん？　どうしたの？」

手元の新聞を読んでいた祖母は、顔を上げて私《わたし》を見つめた。

「ここの団地って、少し変わった造りだよね」

「ええ、そうかしら。どういう所が？」

祖母は首を傾《かし》げて、私《わたし》の目をじっと見つめた。

「ほら、廊下《ろうか》とか非常階段《かいだん》にフェンスがあるでしょう。なんていうか、大きな牢屋《ろうや》の中にいるような感じがするんだ」

私《わたし》がそう言うと、祖母の口から思いがけない言葉が飛び出してきた。

「……うーん。あれはねぇ、自殺を防止するための対策《たいさく》なのよ」

「えっ、自殺？」

驚《おどろ》く私《わたし》の目をみながら、祖母はコクリとうなずいた。

「この団地が建った年の春に、私《わたし》たちは引っ越《こ》してきたんだけどねぇ。それから間もなくして、同じ棟《とう》に住んでいた親子３人が飛び降《お》りたんだよ」

「と、飛び降《お》り……」

思わずそう呟《つぶや》いた私《わたし》を気に留める様子もなく、祖母は喋《しゃべ》り続けた。

「その後も、同じようなことが相次《あいつ》いでねぇ。それからたった3年の間に、なんと１３３人もの人がこの団地で自殺を図ったんだよ」

「そんなに大勢の人たちが！　３年の間に？」

私《わたし》は目を丸くして、大声を出した。

「うん、そうなんだよ。この事態を受けて、管理会社は、団地の3階以上の高さにフェンスを張り巡《めぐ》らせ、さらに屋上も出入り禁止にしたんだよ」

「そっか。それであんな造りになっていたんだ」

納得《なっとく》したと同時に、私《わたし》は気味の悪さを感じた。

「それ以来、この団地での投身自殺は激減《げきげん》したんだけどね。……でも、たまに見えるのよ」

「え？　何が見えるの？」

すると、祖母は窓《まど》の方に顔を向け、外を指さしてこう言った。

「落ちてくる人」

一瞬《いっしゅん》、私《わたし》は祖母が何を言っているのか理解できなかった。

「お、おばあちゃん。それってどういうこと？」

「だから、上から飛び降《お》りる人よ。見かけることがあるの」

表情を変えることなく、祖母は淡々《たんたん》と語った。

「ほら、自殺者ってね。成仏《じょうぶつ》できずに、死んだ後も最期《さいご》の瞬間《しゅんかん》をずっとずっと繰《く》り返しているって聞くじゃない？　飛び降《お》りるときの苦しげな顔を見ると、本当に胸《むね》が詰《つ》まる思いがするのよ。だからね、見ちゃったときは、お念仏を唱えてあげるの……」

そう言うと、祖母は再び窓《まど》の方に顔を向け、私《わたし》もつられて首を捻《ひね》った。


「あっ」

その瞬間《しゅんかん》。私《わたし》たちは同時に小さく叫《さけ》んだ。

苦悶《くもん》の表情を浮《う》かべた中年男性が、逆さまになって落ちていくのが見えた。

神奈川県

こどもの国の弾薬庫跡《だんやくこあと》

「わぁー。久しぶりだなぁ！」

考えてみると、『こどもの国』を訪《おとず》れるのは小学校に上がる直前だったから、ほぼ6年ぶりになる。今年中学1年生になったミサトにとっては、遊園地よりも友達とショッピングモールへ行くほうがずっと楽しい。

しかし、今日は幼《おさな》い従兄妹《いとこ》たちのリクエストで、ここに来ることになった。

園内をぶらぶらと歩いていると、なだらかな芝生《しばふ》の坂の途中《とちゅう》にトンネルのようなものが見えた。覗《のぞ》き込《こ》んでみると、その突《つ》き当たりには緑色の鉄扉《てっぴ》があった。

「あれ、何だろう？」

ミサトは入場するときにもらったマップを広げた。すると、ここは第2次大戦中に使われていた弾薬庫《だんやくこ》の名残《なごり》だということがわかった。

「へえ。こんな場所があったんだ！」

学校の授業の中でも特に歴史が好きなミサトは、目を輝《かがや》かせながら、スマートフォンで、こどもの国の弾薬庫《だんやくこ》について調べ始めた。

戦時中、この弾薬庫《だんやくこ》では、旧陸軍の管理のもとで、戦地に送る弾薬《だんやく》の製造や保管がされていたらしい。

「……えっ？　幽霊《ゆうれい》？」

あるサイトの記事には、こどもの国の周辺には弾薬庫《だんやくこ》のほか、防空壕《ぼうくうごう》の跡《あと》も点在していて、この中で亡《な》くなった人たちの幽霊《ゆうれい》が目撃《もくげき》されるということが書かれていた。

特に目撃《もくげき》されるのは、防災頭巾《ずきん》をかぶった、幼《おさな》い子どもたちの霊《れい》らしい。

「ふーん。心霊《しんれい》写真も撮《と》れたりするんだ……」

幽霊《ゆうれい》や怪奇《かいき》現象について懐疑的《かいぎてき》なミサトは、半信半疑《はんぎ》でその記事を読んでいた。そのとき、ミサキの服の袖《そで》に小さな手が伸《の》びてきた。

「ねぇー。お姉ちゃん、何をしているの？」

「こんな所にいてもつまんないよー」

するとミサトは、ハッとした表情になり、スマートフォンから顔を上げた。

そして、小走りで弾薬庫跡《だんやくこあと》を後にした。

「今度はあっちの池に行こうよ！　ね、お姉ちゃん」

「ねぇねぇ。何して遊ぼうか？」

ミサトは、その声に見向きもせず、走るペースを上げた。

「……お姉ちゃん？　ねぇ、お姉ちゃんてば！　聞いているの？」

ようやく広場に到着《とうちゃく》したミサトは、待っていた従兄妹《いとこ》たちに手を振《ふ》った。

「あ！　ミサトちゃんだ！　ママ、ミサトちゃんだよー」

「わー。みんなごめんねー！　遅《おく》れちゃった！」

「大丈夫《だいじょうぶ》、大丈夫《だいじょうぶ》。トイレも済《す》んだし、ひと休憩《きゅうけい》できたよー」

「さっき面白《おもしろ》い場所を見つけちゃって、ついつい長居しちゃった。じゃあ、次はどこに行こうか？」

ミサトと従兄妹《いとこ》一家の楽しげな声が園内に響《ひび》く。

その様子を、防災頭巾《ずきん》をかぶった幼《おさな》い兄と妹が、遠くから見つめている。

「あのお姉ちゃんも、私《わたし》たちのことが見えないの？」

「うん……。一緒《いっしょ》に遊びたかったね」

新潟県

川辺の息づかい

なかなか寝《ね》つけない夜がある。そんな時、僕《ぼく》は気分転換《てんかん》をするために、関屋《せきや》分水路沿《ぶんすいろぞ》いの遊歩道をランニングしながらコンビニへと向かう。
関屋分水路《せきやぶんすいろ》とは、信濃川《しなのがわ》の水を日本海に逃《にが》すための水路で、新潟市内を洪水《こうずい》から守る役割《やくわり》を持つ。水の流れは穏《おだ》やかだが、水量が多くて川幅《かわはば》も広いので、ちょっとした湖のようにも見える。

それは、ある夏の日の出来事だった。深夜、あまりの蒸《む》し暑さに寝《ね》つけずにいた僕《ぼく》は、いつものように川沿《かわぞ》いの道を走っていた。ちょうど水門の辺りに差し掛《か》かった時、誰《だれ》かの息づかいに気がついた。

「ハァ……ハァ　ハァ……ハァハァ　ハァハァ……ハァ」

呼吸《こきゅう》が速く、苦しそうだ。僕《ぼく》と同じようにランニングをしている人がいるのかと周囲を見回したが、人の姿《すがた》は見えない。ふと考えてみると、その息は遊歩道側ではなく川の方から聞こえる。しかも、僕《ぼく》のすぐ近くから。

恐《おそ》る恐《おそ》る首を横に向けると、水面にバレーボール大の白い球体が浮《う》かんでいるのが見えた。球体の一部は、穴《あな》が開いたり閉《と》じたりを繰《く》り返している。

「……何だ、あれ？」

目を凝《こ》らしてみると、それは人の顔だった。いや、正確に言うと身体《からだ》がない顔だけの人だった。穴《あな》に見えたのは、パクパクと開閉《かいへい》する口だったのだ。

後日、関屋分水路《せきやぶんすいろ》には〝いろいろなもの〟が流れ着くということを知った。

富山県

ダムで遭遇《そうぐう》した怪異《かいい》

「ねえ、さっきから何を眺《なが》めているの？」

双眼鏡《そうがんきょう》を覗《のぞ》き込《こ》んでいるユウに、モモナが問いかけた。

ユウの視線《しせん》の先は、ダムを取り囲んでいる崖《がけ》に向けられている。

「うーん……探《さが》しもの」

「探《さが》しもの!?　ねえ、せっかく黒部ダムに来たんだから、放水しているところとか見たほうがいいんじゃない？　ほら、あそこ。虹《にじ》が出てるよ！」

「ちょっと静かにしててよー」

「もうっ！」

モモナはユウをその場に残し、放水風景が一望できる観覧《かんらん》ステージへと向かった。そして、しばらくすると申し訳《わけ》なさそうな顔をしたユウが現れた。

「モモナ！　ごめんごめん。ここにいたんだ」

「一人で観光し終わっちゃったけどね。で、さっきは何を探《さが》していたの？」

「ああ。祠《ほこら》だよ」

「祠《ほこら》？　黒部ダムに祠《ほこら》なんかがあるの？」

「いや、祠《ほこら》があるっていう噂《うわさ》があって見てみたかったから、探《さが》してたんだよね。まぁ、結局見つからなかったけどさ」

ユウは苦笑しながら、話を続けた。

「この黒部ダムが着工されたのは70年くらい前の話なんだけど、のべ1千万人を超《こ》える作業員によって、7年もの時間をかけて完成されたんだ。その完成までには、なんと171人が命を落としているそうなんだ」

「え、そんなに多くの人が!?」

モモナが目を丸くすると、ユウは頷《うなず》いた。

「そういう現場だから、彼《かれ》らの魂《たましい》を鎮《しず》めるために祠《ほこら》が作られたっていう噂《うわさ》があるんだ。でも、その祠《ほこら》が建つ場所は明かされていないんだよ」

「だから双眼鏡《そうがんきょう》なんか持ち出して、必死に探《さが》していたのね」

「うん。でも、もう諦《あきら》めて観光に集中しようっと!」

「そうそう。そんな都市伝説なんて、実際にあるわけないんだから」

気持ちを切り替《か》えたユウに、モモナが同調した。

それから二人はダムの周辺を散策《さんさく》し、観光を楽しんでいた。


「ねえ。双眼鏡《そうがんきょう》、貸して」

突然《とつぜん》、モモナが言った。

ユウが手渡《てわた》すと、モモナはダムに突《つ》き出した崖《がけ》の一部を凝視《ぎょうし》し始めた。

「えっ。まさか祠《ほこら》があったとか!?」

「ううん。……ただ、人がいるのよ。白い服を着た人とか、作業着姿《すがた》の人とか、何人もの人が岩の間から出てきて、ダムの中に入っていくの」

双眼鏡《そうがんきょう》を覗《のぞ》くモモナの手が小刻《こきざ》みに震《ふる》えている。ユウは慌《あわ》ててモモナが向いている方向に視線《しせん》を送るが、特に変わった様子はない。

「モモナ、人なんか見えないけど……。ちょっと双眼鏡《そうがんきょう》を貸してくれよ」

ユウが手を出した、そのとき。

巨大《きょだい》な魚の影《かげ》がダムの水面を浮上《ふじょう》し、**バシャン**と跳《は》ねた。

「今の、見た……?」

「……見た」

それは魚などではなく、水中を漂《ただよ》う、たくさんの人の顔の集合体だった。

石川県

天狗《てんぐ》の森の怪《かい》

6回目のコール音が鳴ったとき、2階の自室にいた僕《ぼく》と、庭で洗濯物《せんたくもの》を干《ほ》していた母は、同時にリビングルームに駆《か》け込《こ》んだ。

「はいっ、もしもし」

受話器を取るのは、僕《ぼく》の方が若干《じゃっかん》早かった。

電話の相手は、祖父の友人のサブロウさんだった。

「あのう。シゲルさんは、もう家にお帰りになっていますか？」

「え、おじいちゃんですか？」

怪訝《けげん》な表情の母と目を合わせると、僕《ぼく》は首を少し横に傾《かたむ》けた。

「いや、まだ帰っていませんけど」

「……そうですかぁ。おかしいなぁ」

僕《ぼく》は、心がザワッと波打つのを感じた。

「おじいちゃんが、どうかしたんですか？」

今朝、祖父はサブロウさんを含《ふく》めた老人会のメンバーと一緒《いっしょ》に、街歩きイベントに出かけて行ったはずだ。

「いや、実は、天狗《てんぐ》の森を散策《さんさく》していたところ、突然《とつぜん》シゲルさんの姿《すがた》が見えなくなりましてね……」

サブロウさんの声は少し震《ふる》えていた。

「それで、どこを探《さが》しても見つからないので、ひょっとするとご自宅《じたく》に戻《もど》られたのかなと思ってお電話をしたんですが……。まだ帰宅《きたく》されていないなら、どこに行ったのかなぁ……」

サブロウさんの声色《こわいろ》からは、疲《つか》れと不安が感じ取れた。

祖父たちが訪《おとず》れていた天狗《てんぐ》の森とは、田畑の中にポツンと佇《たたず》む鎮守《ちんじゅ》の森で、「天狗《てんぐ》が一夜にして森と神社を作った」という言い伝えが残されている。

そんな不思議な場所だからか、〝天狗《てんぐ》の森を訪《おとず》れると神隠《かみかく》しに遭《あ》う〟という噂話《うわさばなし》もあった。何でも、人間をからかおうと、天狗《てんぐ》が連れ去ってしまうそうだ。


「……じゃあ、また何かありましたら、すぐにご連絡《れんらく》しますので」

そう言って、サブロウさんは電話を切った。

僕《ぼく》は、不安そうに見つめる母に電話の内容を説明した。

すると、その時。バスルームから「ザーッ」という水の音が聞こえてきた。

水漏《みずも》れなどではなく、明らかに誰《だれ》かがシャワーを捻《ひね》った音だった。


「えっ……？　誰《だれ》かシャワーを浴びているの？」

「そんなわけないでしょ……。今、家にいるのはふたりだけだし……」

僕《ぼく》と母は顔を見合わせた。

そして恐《おそ》る恐《おそ》るバスルームに行き、ドアを開けた。


「キャーッ！」

「お……、おじいちゃん!!」

そこには、出かけたときの服装《ふくそう》のまま、水が張られたバスタブに浸《つ》かっている祖父の姿《すがた》があった。

僕《ぼく》は急いで祖父の肩《かた》を抱《かか》え、バスタブから引きずり出した。


「ううう……うう……」

目を大きく見開いた祖父は、何かを訴《うった》えるかのように唸《うな》り声を上げ、口をパクパクさせている。

ブクブク……ブクブクブク……

するとバスタブの中の水から、たくさんの小さな泡《あわ》が浮《う》かんできた。さらにそれに続いて、大きな影《かげ》もゆっくりと上がってくる。

僕《ぼく》の顔以上の大きさがある深緑色のそれは、葉っぱだった。大きくてギザギザした葉が、何枚《なんまい》も、何枚《なんまい》も浮《う》かび上がってきた。

「何だ、これ……」

浴室の床《ゆか》にヘナヘナと座《すわ》り込《こ》んだ僕《ぼく》と母は、その不思議な光景を、ただ呆然《ぼうぜん》と眺《なが》めていた。

後で調べてわかったことだが、それはヤツデという木の葉で、別名『テングノウチワ』と呼《よ》ばれていた。

福井県

煙《けむ》たい車内

「そっちに到着《とうちゃく》するのは17時過ぎくらいかな。ああ、わかってるって。あんまり飲み過ぎないようにするからさ。じゃあ、後でなー」

モトキとの通話を終えると、僕《ぼく》は敦賀《つるが》行きの電車に乗り込《こ》んだ。

僕《ぼく》とモトキは大学時代の同級生で、お互《たが》い社会人になってからは、別々の街で働いている。しかし、時々連絡《れんらく》を取り合い、数カ月に一度は飲みに行くことが恒例《こうれい》となっている。今回は僕《ぼく》がリクエストをする番で、モトキの地元にある、美味《おい》しい海鮮《かいせん》料理の店に連れて行ってもらう予定だ。

ボックス席の窓側《まどがわ》に座《すわ》ると、僕《ぼく》はスマートフォンをいじりながら時間をつぶしていた。その途中《とちゅう》、やけに車内が煙《けむ》たく感じ、白い煙《けむり》のようなものが見えて慌《あわ》てたが、周囲の乗客は誰《だれ》も気づいていないようだった。

そうこうしているうちに、電車は目的の駅に着いた。

「タクマ！　久しぶり！」

「おお！　モトキも元気そうじゃん」

僕《ぼく》たちは久しぶりの再会を喜び合い、さっそく今夜の宴《うたげ》の場所へと向かった。

モトキいわく〝隠《かく》れた名店〟だというその店の料理は格別に美味《おい》しい。さらに、それに合わせるお酒も最高で、酔《よ》いが回った僕《ぼく》は饒舌《じょうぜつ》になっていった。

「あっ、そうだ。さっきここに来るまでの電車のなかで変なことがあってさ」

「変なことって？」

モトキは、お酒が入ったグラスを片手《かたて》に首をかしげた。

「一瞬《いっしゅん》、車内がすごく煙《けむ》たくなったんだ。煙《けむり》も漂《ただよ》ってきて、火事が起きたんじゃないかとヒヤヒヤしたけど、少し経《た》ったら何事もなかったように、元に戻《もど》っちゃったんだよ。あれ、一体何だったんだろう？」

僕《ぼく》がそう言うと、モトキは「あぁ」と小さく声を出して、グラスを置いた。

「それって、霊的《れいてき》な現象かも……」

「は？　どういうこと？」

思わぬモトキの発言に、今度は僕《ぼく》が首をかしげた。

「大昔、この駅の沿線《えんせん》にあるトンネルのなかで火災事故が起きたんだ。30人が死んで、700人以上がケガをした大事故でさ。慰霊碑《いれいひ》も建てられたんだけど、それでも成仏《じょうぶつ》しない霊《れい》もいて、いろいろな怪現象《かいげんしょう》が起きるらしいんだ」

「ほ、本当かよ……」

「ああ。それに、深夜の駅で幽霊《ゆうれい》列車に遭遇《そうぐう》したっていう話もあるんだぜ」

駅というワードが出たとき、ふと僕《ぼく》は時計に目を移した。気がつけば、そろそろ最終電車の時間だ。僕《ぼく》たちは慌《あわ》てて店を出ると、駅の改札で別れた。

夜遅《おそ》い時間だからか、ホームにいるのは僕《ぼく》一人だったが、遅《おく》れてサラリーマン風の男性が現れた。彼《かれ》も飲み過ぎたのか、足もとがおぼつかない様子だ。

しばらくして、電車が音もなくスーッとホームに滑《すべ》り込《こ》んできた。ボロボロの車体で、車内は真っ暗。回送電車かと思ったが、いきなりドアが開き、ひとつ先の車両に男性がフラフラと乗り込《こ》むのが見えた。

(時刻表《じこくひょう》にないし、終電にはまだ全然早いし、絶対に何かおかしい……)

僕《ぼく》は悩《なや》んだすえに、その電車を見送った。

すると間もなく最終電車がやって来て、無事に乗ることができた。

(やっぱり、さっき見た電車はきっと……。とすると、あの男性は……)

山梨県

窓越《まどご》しの視線《しせん》

夏休みも終盤《しゅうばん》に差し掛《か》かった頃《ころ》。突然《とつぜん》、友人のミナが「本栖湖《もとすこ》に旅行しよう」と、言い出した。以前、ミナはサークルの合宿で本栖湖《もとすこ》に行ったことがあり、お気に入りの場所なのだと語っていた。

「じゃあ、これが鍵《かぎ》です。明日のチェックアウトのときにお返し下さいね」

「ありがとうございます！」

湖畔《こはん》のコテージを予約した私《わたし》たちは、オーナーから鍵《かぎ》を受け取ると、さっそく室内で寛《くつろ》ぎ始め、リラックスモードに入った。

その後、夕食やお風呂《ふろ》を済《す》まし、ベッドルームで寝《ね》る前の準備をしていると、ミナが「あっ、そうそう」と、何かを思い出したように言った。

「その合宿のときにね、同室だった女の子が霊感《れいかん》がある子だったの。それで、ちょっと不思議なことが起きたんだけど……」

「何、何？　聞かせて！」

怖《こわ》い話が大好きな私《わたし》は、目を輝《かがや》かせた。


「その日は合宿最終日で、私《わたし》たちは夜遅《おそ》くまで喋《しゃべ》っていたの。そうしたら、その子が『誰《だれ》かが覗《のぞ》いている！』って言うから、彼女《かのじょ》が指さした窓《まど》の方を見たの。すると、窓越《まどご》しに男の人の姿《すがた》があって……！」

「えっ!?　ミナも見ちゃったの？」

「……うん。だけど、別の部屋の男の子がふざけて覗《のぞ》いているのかもって思って、無理やり寝《ね》ることにしたの。でも、翌朝《よくあさ》になって気がついたんだ。私《わたし》たちの部屋は４階で、窓《まど》があった場所に人が立てるわけがないって」

「やばっ！」

そう言った瞬間《しゅんかん》、私《わたし》はミナの背後《はいご》にある窓《まど》に目が釘《くぎ》づけになった。窓《まど》の外からこちらを覗《のぞ》いている覆面姿《ふくめんすがた》の男と目が合ったのだ。

「……えっ？　えっ？」

私《わたし》がうろたえていると、ミナも後ろを向いて、悲鳴を上げた。その声に驚《おどろ》いたのか、男は慌《あわ》てて暗闇《くらやみ》の中に消えていった。

その後、私《わたし》たちは相談して警察《けいさつ》に通報することを決めた。

ピンポーン

携帯《けいたい》電話を手にしていると、突然《とつぜん》、コテージのインターホンが鳴った。恐《おそ》る恐《おそ》るドアを開けてみると、そこにはコテージのオーナーが立っていた。

「先ほど監視《かんし》カメラをチェックしていたのですが、怪《あや》しい男が映《うつ》っていたので、宿泊《しゅくはく》されている皆《みな》さんにお声がけをしているところです。まずはこの調査が終わるまで、通報は待っていただけないでしょうか？」

「……あ、じゃあ、そういうことなら」

私《わたし》は頷《うなず》き、覆面男《ふくめんおとこ》が部屋を覗《のぞ》いていたことを伝えると、オーナーは「ふむふむ」とメモを取って、帰っていった。


「ねえ」

そのとき、ミナが口を開いた。

「私《わたし》たちが警察《けいさつ》に通報すること、何でオーナーはわかっていたのかな？」

「……確かに、そうだね……」


それからひと月ほどが経《た》ったある日。そのコテージのオーナーが、盗撮《とうさつ》・盗《とう》聴《ちょう》で逮捕《たいほ》されたというニュースが流れた。

長野県

天竜大明神池《てんりゅうだいみょうじんいけ》の噂《うわさ》

「では、お化け屋敷《やしき》ということで、異論《いろん》はないですかー？」

学級委員の呼《よ》びかけに、クラスのあちこちで「はーい」という声が上がる。

スミレも周囲のクラスメートに合わせて、小さな声で返事をした。

文化祭で各クラスの出し物を決めることになったとき、スミレはスイーツの模擬《もぎ》店をやってみたいと思っていた。しかし、衛生上の問題から出店が見送られてしまい、結局、お化け屋敷《やしき》をやることが決定した。

（あーあ。お化け屋敷《やしき》なんて、準備が面倒《めんどう》だなぁ。そもそも、どんな内容にするのかも決めなきゃいけないじゃん……）

頬杖《ほおづえ》をつきながら、そんなことを考えていると、背後《はいご》の席から明るい声が聞こえてきた。声の主は、お化け屋敷《やしき》を提案したマナミたちのグループだった。

「やったー。お化け屋敷《やしき》に決まったー！」

「ふふふっ。これでマナミが考えていた企画《きかく》がついに実現するわ」

「うーん、楽しみ！　そういうわけだから……」

そう言うと、マナミは隣《となり》の席をジロリと一瞥《いちべつ》した。

「……ちゃんと協力してよね、ミウラさん」

冷たく発せられた言葉に、ミウラさんは肩《かた》をビクッと揺《ゆ》らした。

そんなミウラさんの反応を気にする素振《そぶ》りも見せず、マナミとその取り巻《ま》きたちは笑いながら、教室を出ていった。

その一部始終を見ていたスミレは、ミウラさんのもとに駆《か》け寄る。

「またマナミたちに変なことを言われた？」

ものの静かな性格のミウラさんは、マナミたちに目をつけられていて、普段《ふだん》から、軽視《けいし》されていた。

「ううん、大丈夫《だいじょうぶ》」

「でも、さっき『協力してよね』って言われていたでしょ？」

「あぁ。あれは、私《わたし》に幽霊役《ゆうれいやく》をやってほしいって言われていたの」

「幽霊役《ゆうれいやく》？　どういうこと？」

私《わたし》は思わず身を乗り出して、ミウラさんの目を見つめた。

「高尾山麓《たかおさんろく》に天竜大明神池《てんりゅうだいみょうじんいけ》っていう池があるんだけど、そこは有名な心霊《しんれい》スポットなの。深夜に池のほとりを歩いていると、首だけの女性が追いかけてきて、池に落とそうとしてくるんだって」

「えっ。その役を、ミウラさんにやらせようとしているの？」

「うん。特殊《とくしゅ》メイクをした私《わたし》が、黒い布の間に首だけを出して、走ってみんなを脅《おど》かすの。彼女《かのじょ》たち、前から企画《きかく》をしていたみたいで……」

「ねえ、そんな役やりたい？　このまま受け入れていいの？」

ミウラさんは一瞬《いっしゅん》の間を置いて、首を小さく横に振《ふ》った。

スミレは頷《うなず》くと、マナミの企画《きかく》に断固反対することを心に決めた。


それから数日後。思わぬ事件が起こった。

夜、塾《じゅく》から帰宅中《きたくちゅう》のマナミが、歩道橋の階段《かいだん》から足を滑《すべ》らせて、大ケガをしたのだ。しばらくは入院が必要で、文化祭への参加も無理そうだ。

休み時間中にその知らせを受けて、スミレは複雑な気持ちになった。

すると、ミウラさんが近づいてきて、スミレの耳元でボソリと言った。

「大ケガで残念。〝本物〟の幽霊役《ゆうれいやく》、彼女《かのじょ》にやってもらおうと思ったのに」

岐阜県

残されていた画像

「ここも片付《かたづ》けないとなぁ。今日中に終わるかなぁ……」

断捨離《だんしゃり》をするため、納戸《なんど》の扉《とびら》を開けたマサヤは、積み重なった段《だん》ボールや衣装箱《いしょうばこ》を前に、つい弱気な言葉が口から漏《も》れた。しかし、気を取り直して、まずは手前にある収納《しゅうのう》ケースの中身から整理を始めた。

不用品をどんどんゴミ袋《ぶくろ》に入れていると、懐《なつ》かしいアイテムを発見した。それは、20年以上も前に愛用していた、マサヤの携帯《けいたい》電話だった。

「おっ！　懐《なつ》かしいなぁー。充電《じゅうでん》すれば、まだ電源《でんげん》入るかな？」

同梱《どうこん》されていた充電《じゅうでん》ケーブルをコンセントに差し込《こ》み、マサヤは携帯《けいたい》電話を見つめる。しばらくすると画面が青白く発光した。

「やった！　電源《でんげん》が入った」

マサヤは、断捨離《だんしゃり》をしていたことなどすっかり忘《わす》れ、当時のメールのやり取りや撮影《さつえい》した画像を夢中で見返していた。


画像フォルダを眺《なが》めていると、ある画像に目が留まった。

闇《やみ》の中にカラフルな水玉模様《もよう》の壁面《へきめん》が映《うつ》し出され、その前には、当時の友人たちの笑顔《えがお》が並《なら》んでいる。

「これ、どこで撮影《さつえい》したんだっけ……。ああ、そうだ。関ヶ原メナードランドの跡地《あとち》に行ったときのだ」

マサヤの脳裏《のうり》に、あの夏の夜の出来事が蘇《よみがえ》った。

関ヶ原メナードランドは1970年代にオープンした遊園地だったが、経営難《なん》のため2001年に閉園《へいえん》。しばらくは遊具がそのままの状態で残されていた。

すると、多くの人たちが廃墟《はいきょ》見物や肝試《きもだめ》しを楽しむために訪《おとず》れるようになった。マサヤや友人たちも同じ理由だった。

「……そういえば、あの影《かげ》」

ふと、マサヤは忘《わす》れていた記憶《きおく》を思い出した。

肝試《きもだめ》しに行ったあの夜。いろいろな遊具を巡《めぐ》り、そろそろ帰ろうかと歩いていると、突然《とつぜん》、草むらからガサガサッという音とともに、黒い人影《ひとかげ》が飛び出してきた。影《かげ》は、くるりと向きを変えると、マサヤたちの方にずしりずしりと歩み寄ってきた。

もちろん、そこにいた誰《だれ》もが悲鳴を上げ、全力疾走《しっそう》で逃《に》げた。

途中《とちゅう》、マサヤは恐怖《きょうふ》に怯《おび》えながらも、携帯《けいたい》電話のカメラで影《かげ》を撮影《さつえい》した。

しかし、当時は怖《こわ》くて見返すことができず、すぐに新しい携帯《けいたい》電話に替《か》えてしまったため、結局その画像を見ることはなかった。

「でも、今だったら」

覚悟《かくご》を決めたマサヤは、ゴクリと喉《のど》を鳴らすと、その画像を見てみることにした。

「え？　何だよこれ……」

驚《おどろ》いたことに、画像に写っていたのは、赤くまだらに光る円だった。いや、円というよりはボールのように立体的で、闇《やみ》の中をぷかぷかと浮《う》かんでいるように見えた。

「うわっ。気持ち悪っ！」

マサヤが思わずそう呟《つぶや》いた瞬間《しゅんかん》。携帯《けいたい》電話を持っている左手が、ツゥーッと撫《な》でられるような感覚を覚えた。手首をひねり手の甲《こう》に視線《しせん》を移すと、真っ黒なススのような指の跡《あと》がついていた。

静岡県

トンネルの子どもたち

「ねぇ。予定より早く終わったから、ちょっと遠回りして帰らない？」

妻・サトミの実家での用事を終えたヒデトは、助手席にサトミを乗せ、帰宅《きたく》するために海沿《うみぞ》いの県道を走っていた。

「うーん。明日は朝から会議なんだよなぁ。まぁ、オンラインだけど」

「じゃあ、いいじゃない。案内したいスポットがあるの。この道をずっと真《ま》っ直《す》ぐ行けばいいから。着いてからのお楽しみよ」

ヒデトは、やれやれと小さくため息をついて、アクセルを踏《ふ》んだ。

「あっ。見えた見えた！　ほら、あそこ！」

しばらく道なりを走っていると、突然《とつぜん》、サトミが声を上げた。

「あそこって？　あのトンネルのこと？」

「そのとおり！　私《わたし》が連れていきたかったのは、錦ケ浦《にしきがうら》トンネルよ」

「ふーん。ただのトンネルに見えるけど、何かあるの？」

「あるっていうか、出るっていうか。……あ、そこに車を停《と》めて」

その言葉の意味が理解できず、ヒデトは眉《まゆ》をひそめながら、しぶしぶトンネルの手前に停車した。すると、サトミは含《ふく》み笑いを浮《う》かべ、口を開いた。

「出るっていうのはね、オ・バ・ケ」

「はぁっ!?」

驚《おどろ》きのあまり、ヒデトは甲高《かんだか》い声が出てしまった。

「だって、ヒデトってそういう類《たぐ》いの話が苦手でしょう。だから、最初から心《しん》霊《れい》スポットに寄ろうって言っても絶対に行かないじゃない」

「あ、当たり前だろうっ！」

「大丈夫《だいじょうぶ》、大丈夫《だいじょうぶ》。まだ夕方だし、オバケなんか出ないって。それに、万が一出たとしても、子どもの幽霊《ゆうれい》だから、きっと可愛《かわい》いものよ」

「子どもの幽霊《ゆうれい》？」

ヒデトが尋《たず》ねると、サトミは小さく頷《うなず》いた。

「うん。私《わたし》が聞いた話では、夜中にこのトンネルの付近で、小学生くらいの子どもたちが石を積んで遊んでいるんだって。それで、うっかり目が合うとね、『一緒《いっしょ》に遊ぼう』って誘《さそ》ってくるらしいのよ……」

サトミは低めの声を作って、話を続けた。

「しかもね。その誘《さそ》いに乗っちゃうと、子どもたちに捕《つか》まって、車もろとも崖《がけ》から突《つ》き落とされるんだって！　……あれ？」

怪談《かいだん》のオチを話し終えた直後、サトミは首をかしげた。

「今、音がしたよね……？」

「えっ……。や、やめろよ冗談《じょうだん》なんか……」

そう言いかけて、ヒデトは首筋《くびすじ》が寒くなるのを感じた。

トントン……ドンドン……コンコン……ダンダン……

車を叩《たた》く音が車内に響《ひび》いた。まるで何人もの人が車を囲み一斉《いっせい》に叩《たた》くように、複数の音が車のあちこちから聞こえてきた。

ふたりは声にならない悲鳴を上げて、すぐにその場を後にした。

次の日。ヒデトはオンライン会議に参加していた。昨日起こった怪現象《かいげんしょう》を早く忘《わす》れるためにも、仕事に没頭《ぼっとう》することを心に決めていたのだ。

会議を終えた直後、参加していた同僚《どうりょう》の一人からメッセージが届《とど》いた。

「変なことを伺《うかが》いますけど、ササキさんのご家庭って、お子さんはいらっしゃらなかったですよね。画面に子どもが映《うつ》っていたので、気になっちゃって」

愛知県

三《み》ツ《つ》口《くち》池《いけ》の三婆《ばあ》

昨夜、ミズキの身にショックな出来事が起こった。お風呂《ふろ》に入る前、久々に体重計に乗ってみると、なんと3キロも太っていたのだ。

ダイエットを決意したミズキは、登校前に自宅《じたく》の周辺を走ることにした。

「あら、ミズキちゃん！　おはよう。こんな朝早くから珍《めずら》しいわねぇ」

三《み》ツ《つ》口《くち》池《いけ》の畔《ほとり》に差し掛《か》かったとき、隣《となり》に住んでいるアサミさんが声をかけてきた。アサミさんは、母親であるトシコさんの手を引いている。どうやら早朝のお散歩のようだ。

「おはようございます！　ジョギングを始めたんです」

ミズキは〝ダイエットが目的〟という真意には触《ふ》れず、愛想笑いを浮《う》かべた。

「まぁ、健康的ねぇ。若《わか》いから体力があってうらやましいわぁ」

今度はトシコさんが言った。そして、続けざまに話を始めた。

「でもねぇ、ミズキちゃん。この辺りは気をつけて走りなさいね。〝三《み》ツ《つ》口《くち》池《いけ》の三婆《ばあ》〟が出るから。ふふふ」

「え、三婆《ばあ》!?」

初めて聞く言葉に、ミズキは目が点になった。

「そう。キクさん、オトヨさん、イマハシさんっていう3人の老婆《ろうば》の幽霊《ゆうれい》が三《み》ツ《つ》口《くち》池《いけ》の周辺に出るの。でもね、みんな仲が悪いみたいで、出現する時間はバラバラ。早朝の今は、オトヨさんの時間ね。もし目の前にオトヨさんの霊《れい》が現れたら、これだけは気をつけて……」

そう言うと、トシコさんは声を潜《ひそ》めて、ミズキの方に顔を近づけた。

「三婆《ばあ》は自分自身を一番の美人だと思っているの。だから『誰《だれ》が一番キレイ？』って聞かれたときに、ほかの人の名前を言ってはいけないの」

「……もし間違《まちが》ったら……どうなるんですか？」

ミズキが尋《たず》ねると、トシコさんは手を首の前で引く動作をした。

その後、ふたりと別れたミズキは、池を囲むように作られている遊歩道を走った。その先に、老婆《ろうば》の一人が待っていることも知らずに……。

「ねぇ、お母さん。さっきミズキちゃんに話していた三婆《ばあ》の話。私《わたし》が聞いたのとちょっと違《ちが》う気がするんだけど」

「……え？　間違《まちが》っていたかしら」

「早朝に現れるのはイマハシさんじゃなかったかしら？」

「ああ、そうだっけ？　何でも忘《わす》れちゃうのよぉ。歳《とし》をとるってイヤねぇ」

三重県

呪《のろ》われし鶯花荘寮《おうかそうりょう》

「え、マジで？　ドタキャンとかありえないんだけど」

「珍《めずら》しくお前の方から誘《さそ》ってきたんじゃないかよ！」

「仕方ないなぁ。じゃあ今度、お詫《わ》びに飯をおごれよー」

弟のスマートフォンから、若《わか》い男たちの大声が漏《も》れてくる。

何か言われるたびに、弟は「ごめん」とか「うん、わかった」とか返事をしながら頭を下げていた。

「ふうー」

電話をきった弟は、大きなため息をつき、すぐにベッドに横たわった。

「ユウダイ、大丈夫《だいじょうぶ》？」

「まだ熱っぽい……ダルい……」

布団《ふとん》をかぶり、背《せ》を向けたまま、弟は答えた。

「ところで、今日はどこかに行く予定だったの？　さっきの電話、聞こえちゃったんだけど」

「ああ、うん。鶯花荘寮《おうかそうりょう》に肝試《きもだめ》しに」

「えっ……！　あんな所に？」

鶯花荘寮《おうかそうりょう》は、地元では知らない人がいないほどの心霊《しんれい》スポットで、「県下で最も呪《のろ》われた廃墟《はいきょ》」とも言われている場所だ。その実体は、かつて湯の山温泉《おんせん》郷《きょう》にあった旅館「鶯花荘《おうかそう》」の従業員《じゅうぎょういん》のための寮《りょう》で、旅館自体は２０００年頃《ごろ》まで営業していたらしい。

しかし、廃業後《はいぎょうご》、寮《りょう》はそのままの状態で残された結果、「あの建物には幽霊《ゆうれい》が出る」という噂《うわさ》が広まり、多くの若者《わかもの》たちが肝試《きもだめ》しに訪《おとず》れるようになった。

「そもそもユウダイって、オバケとかそういう類《たぐ》いは苦手だったでしょ？」

「……まぁね。でも、たまには面白《おもしろ》いかなって思って。それに、だいぶ前に、鶯花荘寮《おうかそうりょう》から身元不明の死体が発見されたでしょ。あれから、また新しい噂《うわさ》を聞くようになって、興味を持ったんだ」

確かに、鶯花荘寮《おうかそうりょう》の2階部分で男性の腐乱《ふらん》死体が発見され、大きな騒動《そうどう》になったことは私《わたし》もよく覚えている。

「その新しい噂《うわさ》って、どういうの？」

「鶯花荘寮《おうかそうりょう》に肝試《きもだめ》しに訪《おとず》れると、その帰りには必ず事故に遭《あ》うっていう噂《うわさ》。過去のニュースを調べたら、本当に大きな事故が何件も起こっていたんだ」

そんな弟の言葉に、

（じゃあ、なおさらどうして肝試《きもだめ》しなんかに行こうと思ったのよ）

と、私《わたし》は疑問《ぎもん》に感じたが、体調不良の弟とこれ以上会話を続けるのも悪いと思い、適当な相づちを打って弟の部屋を出た。

その日の深夜。バラエティ番組を観《み》ていると、ニュース速報が流れた。地元の地名が表示され、さらに男性4人が乗った乗用車が大破し死傷者《ししょうしゃ》が出ていると伝えられると、私《わたし》はイヤな予感を覚えた。

すると、部屋のドアがノックされ、勢いよく弟が入ってきた。

「姉ちゃん！　やっぱりあの噂《うわさ》は本当だったよ！　アイツら、肝試《きもだめ》しの帰りに事故を起こしたって。いま共通の友達から連絡《れんらく》があって！」

「ちょ、ちょっと……。そんなに興奮《こうふん》すると、体調がますます悪くなるよ」

「ははは、大丈夫《だいじょうぶ》だって。仮病《けびょう》だもん。アイツらのグループから抜《ぬ》けたくてさ、ちょっと試してみたんだよね。でもマジで事故るなんてっ！」

弟は、不気味なくらいの満面の笑《え》みを浮《う》かべていた。

滋賀県

土倉鉱山跡《つちくらこうざんあと》の人影《ひとかげ》

廃墟《はいきょ》マニアのトウマに誘《さそ》われ、僕《ぼく》たちは土倉鉱山跡《つちくらこうざんあと》を訪《おとず》れた。途中《とちゅう》、道を間違《まちが》えて大幅《おおはば》に遠回りをした結果、ようやくたどり着いたときには日が傾《かたむ》いていた。しかし、夕陽《ゆうひ》に染《そ》まる鉱山跡《こうざんあと》はヨーロッパの神殿《しんでん》のようで、とても神秘的《しんぴてき》に思えた。

「この土倉鉱山《つちくらこうざん》は、昭和40年に閉山《へいざん》されるまで、銅の採掘《さいくつ》が行われていたんだ。当時は400戸近くの住居が立ち並《なら》んでいて、映画《えいが》館まであったんだって」

トウマはスラスラと解説をしてくれた。さすがマニアだ。

「でも、この柵《さく》が邪魔《じゃま》だよなぁ。もっと間近で見たかったなぁ」

僕《ぼく》が柵《さく》に手をかけて言うと、トウマも首を縦《たて》に動かした。

「ああ。たまに見学会が催《もよお》されることもあるらしいけどなぁ。でも、こうやって離《はな》れた位置から見る廃墟《はいきょ》もいいもんだぜ。ほら、夕陽《ゆうひ》が差し込んで建物に陰《いん》影《えい》ができるだろう。あそこの柱なんか浮《う》き上がって見えるぞ！」

トウマは興奮《こうふん》した様子で、奥《おく》の柱に見入っていた。


「あれ？」

僕《ぼく》もつられてそっちを見ると、柱と柱の間を通る、謎《なぞ》の影《かげ》の存在《そんざい》に気がついた。それは人間のようなシルエットをしていて、歩くくらいのスピードで左右に移動している。

「今、このなかに人がいるわけないよなぁ？」

「当たり前だろう。立入禁止なんだから」

「でも、あの柱の後ろに人影《ひとかげ》が見えるんだけど……」

そう言って僕《ぼく》が指をさして伝えても、トウマには見えていないようだ。

「ひょっとすると……」

トウマはアゴのあたりを指で擦《こす》ると、少し間をおいて口を開いた。

「その影《かげ》は、この土倉《つちくら》鉱山《こうざん》で亡《な》くなった人なのかもしれない」

「え、幽霊《ゆうれい》ってこと？」

「まぁ、そういうこと。鉱山《こうざん》って危険《きけん》な場所だから死亡《しぼう》事故も多いだろう。事故で亡《な》くなった人は、あまりにも突然《とつぜん》のことで〝自分が死んだ〟っていう意識がないまま、魂《たましい》だけがその場所に残されてしまうって聞いたことがあるんだ。だから、今も変わらずここにいるのかも。仲間たちはもう誰《だれ》もいないのに」

神妙《しんみょう》な表情で、トウマは語った。

「へぇ。トウマってそういうことを信じるタイプなんだ。意外だな」

「そうかな。でも、世の中には理屈《りくつ》で説明できないことっていっぱいあるよ」

「……うん。確かに、そうだな」

僕《ぼく》は頷《うなず》くと、もう一度、柱の方を見た。


「なぁ。まだ人影《ひとかげ》は動いている？」

「ああ。忙《せわ》しなく、まるで働いているみたいに」

「じゃあ、仕事の邪魔《じゃま》をしちゃ悪いから、そろそろ帰ろうか」

トウマに促《うなが》され、僕《ぼく》たちは歩き出した。

最後、僕《ぼく》はさよならの意味を込《こ》めて、鉱山跡《こうざんあと》に向かって手を振《ふ》った。

すると、人影《ひとかげ》はピタリと動きを止め、僕《ぼく》を凝視《ぎょうし》するかのように正面を向いた。

(まさか、こっちに気がついたのか……？)

そう思った瞬間《しゅんかん》、僕《ぼく》の背中《せなか》に重たい何かが**ズシリ**とのしかかった。

京都府

深夜の水音

　その日。ナイトハイキングに出かけた僕《ぼく》とアキラは、槙尾山展望台《まきおさんてんぼうだい》から眺《なが》める夜景を堪能《たんのう》し、満たされた気分で登山道を下っていた。駐車場《ちゅうしゃじょう》に停《と》めていた車に乗り込《こ》むと、アキラが口を開いた。

「この後、天ヶ瀬《あまがせ》ダムに寄ってみようぜ。どうせ帰り道だし」

「え、こんな真っ暗なのに？」

「それが、ダムの水門の辺りはライトアップされているみたいなんだよね。誰《だれ》かのSNSに写真が載《の》っていて、めっちゃキレイだったんだ」

　アキラに勧《すす》められるがまま、僕《ぼく》たちは天ヶ瀬《あまがせ》ダムへ車を走らせた。

「うわぁ、すごいなぁ……」

夜に見るダムの景観は、まるで湖上に浮《う》かぶ要塞《ようさい》のように迫力満点《はくりょく》だった。しばらくあっけにとられて眺《なが》めていると、バシャバシャという水を叩《たた》くような音が聞こえた。最初は放流されている水の音かと思ったが、じょじょにその音が近づいてくるのがわかると、不気味に感じるようになった。

「なぁ。あれ……」

そのとき、アキラがダムの方を指差した。目を向けると、2メートルほどの人型のシルエットが、水面の上を移動しているのに気がついた。

「うわぁああああああっ!!」

それを見た瞬間《しゅんかん》、僕《ぼく》たちは悲鳴を上げて車に駆《か》け込《こ》んだ。

それからしばらくして、走行中にふと視線《しせん》を前に向けると、雨が降《ふ》っているわけでもないのに、フロントガラスに水が伝っていた。

変だなと感じた途端《とたん》、ガラスいっぱいに濡《ぬ》れた長い髪《かみ》が広がった。

大阪府

最恐《さいきょう》の308号室

「あのう。こういうことを申し上げる立場ではないのは重々承知《しょうち》ですが、このお部屋は避《さ》けられたほうがいいかと思います」

そのフロントマンは、僕《ぼく》の方に顔を近づけると、こっそりと耳打ちした。

ここ、大阪の中心地にある某《ぼう》ホテルは、駅からのアクセスもよく、宿泊料《しゅくはくりょう》も安いのでとても人気が高い。しかし、一室だけ、他の部屋に比べてさらに安い部屋代なのにも関わらず、いつも空いている部屋がある。

それが、308号室。霊感《れいかん》がない人でも怪奇《かいき》現象を体験するという噂《うわさ》の〝最《さい》恐《きょう》の部屋〟だ。

なぜ僕《ぼく》が、その308号室をわざわざ指定して泊《と》まりたいと伝えたのか。それにはちゃんとした理由があった。

数日前、友人たちと遊んでいるときに、このホテルの話になり、「幽霊《ゆうれい》が出る308号室に一晩《ひとばん》泊《と》まったら焼肉をごちそうする」という話が出たからだ。

僕《ぼく》はてっきり、みんながその提案に乗るものだと思っていたが、結局手を挙げたのは自分だけだった。

「もちろん、いろいろな噂《うわさ》があるのは知っています。でも僕《ぼく》は霊感《れいかん》がないですし、大丈夫《だいじょうぶ》です。だから泊《と》まらせてください！」

結局、何度もお願いすると、フロントマンはしぶしぶという感じで、308号室のルームキーを渡《わた》してくれた。それと一緒《いっしょ》に、薄《うす》い和紙に包まれた、小さな包みを持たせてくれた。中身を尋《たず》ねると、それは塩だった。

僕《ぼく》は緊張《きんちょう》と高揚感《こうようかん》が入り交じった気持ちで、308号室のドアを開けた。

入室後、すぐにベッドに横になると、友人たちとビデオ通話を始めた。余裕《よゆう》を見せたくて、普段《ふだん》よりも高いトーンで声を出した。

「おーい。例の308号室に入ったぞー！」

「おおー。すげーー！」

画面のなかの友人たちは、驚《おどろ》いた顔で手を叩《たた》いたりしている。

「で、部屋はどんな感じ？　今のところ、何も起きていないか？」

「うーん。とりあえず狭《せま》いな(笑)。窓《まど》も開かないし、日当たりもよくないから、ちょっと湿《しめ》っている感じがする。まだ部屋に入ったばかりだから、変な現象は起きていないけど……。あれ、どうした？」

一人で喋《しゃべ》っていると、友人たちの顔が急にこわばった。

「い、今、お前の後ろに誰《だれ》かがいた……！」

「うん……。女の人の顔が見えた……」

「ええっ……!?」

とっさに後ろを振《ふ》り返ったが、変わった様子はない。

しかし、みんなの表情を見る限り、冗談《じょうだん》を言っているとは思えなかった。

急に怖《こわ》くなった僕《ぼく》は、いったん通話を止めてフロントマンにもらった塩を開《かい》封《ふう》した。そして、小さな盛《も》り塩を作ると、入り口の横にある全身鏡の前に置いた。

それがきいたのか、2度目の通話では、特に怪現象《かいげんしょう》が起こることもなかった。

しかし、通話を終えると、不思議な音がすることに気がついた。


シャッ……シャッ……シャッ……

その音は入り口の方から聞こえてくる。ゆっくり視線《しせん》を移すと、全身鏡のなかから伸《の》びた白い手が、盛《も》り塩を崩《くず》そうとするように、ゆらゆら動いていた。

兵庫県

夏の夕暮《ゆうぐ》れ時に見えたもの

夏休みを利用して関西の親戚《しんせき》の家に滞在《たいざい》していた僕《ぼく》は、西宮市にある樋之池《ひのいけ》公園を訪《おとず》れていた。そこは、体育館やテニスコート、プールなどがある広大な公園で、市民の憩《いこ》いの場だった。

その日はとても暑い日だった。

僕《ぼく》と従姉妹《いとこ》のアイちゃんは、少し気温が下がってきた遅《おそ》めの時間から遊具広場に行き、遊びに夢中になっていた。

「暗くなってきたね」

「うん。外灯もついたし、そろそろ帰ろうか」

僕《ぼく》たちは遊びの手を止めて、帰り支度《じたく》を始めた。周囲には誰《だれ》もおらず、出口に向かって歩く人たちのシルエットが遠くに見えるだけだった。

「あ、あれ誰《だれ》かの忘《わす》れ物かな」

ふと、遊歩道沿《ぞ》いに植えられていた樹木《じゅもく》に目が留まった。

木の枝に白いタオルが引っかかり、風に揺《ゆ》られてはためいている。

「どこに？」

「ほら、あの木の枝にタオルが」

「えー。そんなのないよ」

「あるじゃん、あそこに。近づいてみればわかるよ」

目を凝《こ》らしながらタオルを探《さが》しているアイちゃんの手を引いて、僕《ぼく》はその木の下まで誘導《ゆうどう》した。

「ね、ほらタオルがそこに……」

数十センチ先にあるタオルを指さした瞬間《しゅんかん》。

僕《ぼく》はそれがタオルではなく、人間の手であることに気がついた。


「ひっ、人の手……！」

驚《おどろ》きのあまり、僕《ぼく》はその場に尻《しり》もちをついてしまった。

「だ、大丈夫《だいじょうぶ》!?」

駆《か》け寄ってきたアイちゃんは、目を上に向けた。しかし、首をかしげながら不思議そうな顔をしている。

「人の手？　タオルも手もないよ。一体どうしたの？」

「だって、その木から手が……」

僕《ぼく》は再び木の枝を見たが、相変わらず人間の手がゆらゆらと動いている。

すると、急にアイちゃんの表情が曇《くも》った。そして、震《ふる》える声で、僕《ぼく》に問いかけてきた。

「……ねぇ。手だけが、見えるの？」

「う、うん。真っ白な手が〝おいでおいで〟をしているみたいに、ずっと揺《ゆ》れているんだ……」

木の枝から不気味に動く手を見つめながら、僕《ぼく》は答えた。

「きっと、それは……手っちゃんだよ……！」

「手っちゃん!?」

思わぬ発言に、僕《ぼく》の視線《しせん》の先はアイちゃんに移った。

「そう。この公園は、夏の終わりの夕暮《ゆうぐ》れに〝手だけの幽霊《ゆうれい》〟が現れるって言われているの。それが手っちゃん」

驚《おどろ》きと、幽霊《ゆうれい》らしからぬネーミングに、僕《ぼく》はあっけにとられていた。

「手っちゃんはね、園内の至《いた》る所で手招きをして、興味を持った子どもを公衆《こうしゅう》トイレの中に誘導《ゆうどう》するんだって」

「そ、それで、どうなるの？」

「トイレを覗《のぞ》き込《こ》むと……。バタン！　バタン！　バタン！　って個室のドアがすべて開いて、たくさんの手が伸《の》びてきて襲《おそ》いかかるんだって」

それってよくある怪談《かいだん》じゃないかと言い返そうと思ったが、現《げん》に手がそこにあるし……。と、もう一度木の方を向くと、手は忽然《こつぜん》と消えていた。


その夜。夕食を食べ終えた僕《ぼく》は、お風呂《ふろ》に入った。

髪《かみ》の毛を洗っていると、ふと（変だな）と感じた。両手を止め、その違和感《いわかん》の正体を考えていると、頭皮に何かが当たっていることに気がついた。

目を開けて鏡を見ると、僕《ぼく》の頭をサワサワと撫《な》でる真っ白な手があった。

奈良県

幻《まぼろし》の電話ボックス

「いや、絶対にあった！　この目で見たもん！」

「そんなものなかったって！　どこかと勘違《かんちが》いしていない？」

大学のカフェテラスで、女子同士の騒《さわ》がしい声が聞こえてきた。

チラリと目をやると、その声の主は、同じゼミのイチカとヒナコだった。

「ねえ、ちょっと声が大きいよ！」

私《わたし》が近づいて注意すると、ふたりは同時に顔を上げて、「マナ、聞いてよ！」

と声を揃《そろ》えた。事情を聞くと、ことの発端《ほったん》は週末のドライブにさかのぼるそうだ。

「この前の土曜日にね、ヒナコとドライブに行ったのよ。そのときに芦原《あしはら》トンネルを通ったんだけど、トンネルの出口に電話ボックスがあって……」

「いや、だからないって！」

イチカが話しているのにも関わらず、ヒナコが口を挟《はさ》んだ。

「もう！　言い争いはやめて。最後まで話を聞かせてよ！」

そう言うと、ふたりは肩《かた》をすくめ、再びイチカが話を始めた。


「ごめん……。で、トンネルの出口に電話ボックスがあったのを〝私《わたし》は〟見たのね。それでヒナコに『今どき、電話ボックスがあるなんて珍《めずら》しいね』って言ったら、『そんなものはなかった』って言うじゃない」

「だって、実際になかったもん。地図アプリで見てもなかったでしょ？」

「でも、ネットで調べたら『電話ボックスがあった』っていうコメントもいくつかあったじゃん！」

再び、口論《こうろん》がはじまり、私《わたし》はため息をついた。

「はぁ……。そんなのさ、どっちでもよくない？」

そう言った途端《とたん》、ふたりはくるりと顔を私《わたし》の方に向けた。

「よくない！　だって、都市伝説の真偽《しんぎ》にかかっているんだもん！」

「……都市伝説？」

首をひねる私《わたし》に、今度はヒナコが口を開いた。

「うん。芦原《あしはら》トンネルを抜《ぬ》けたときに、電話ボックスが見える人と、見えない人がいるっていう話。見える人のなかには、ボックス内に女性の姿《すがた》があったって言う人もいるんだって」

「でも、私《わたし》は電話ボックスしか見えなかったなー」

少し残念そうにイチカが言った。

そのとき、私《わたし》の頭のなかには一つの考えが浮《う》かんでいた。

「……じゃあさ。もう一回行ってみようよ！　私《わたし》も一緒《いっしょ》に行くからさ！」

そう言うと、ふたりの表情はパッと明るくなり、次の週末にさっそく〝検証旅行〟をすることになった。

そして迎《むか》えた当日。私《わたし》たちはレンタカーに乗り、芦原《あしはら》トンネルを目指した。

「そろそろ芦原《あしはら》トンネルに入るよー！」

助手席のヒナコが声を上げると、私《わたし》は少し緊張《きんちょう》しながら周囲に目を配った。

車内が真っ暗になり、出口を抜《ぬ》けた瞬間《しゅんかん》、今度はまばゆい光に包まれた。

そのとき、私《わたし》は見てしまった。トンネルの脇《わき》にある電話ボックスと、そのなかで誰《だれ》かに電話をかけている、長い髪《かみ》の女性の姿《すがた》を。

次の瞬間《しゅんかん》。私《わたし》のスマートフォンが鳴り、画面に「**公衆電話**《こうしゅう》」と表示された。

和歌山県

心霊《しんれい》好きが集《つど》う駅舎

「ねえ、ねえ。最近増えたと思わない？」

「え、何が？」

駅のホームに座《すわ》っていると、親友が急に口を開いた。

「ほら、あそこ！」

彼女《かのじょ》の視線《しせん》を追うと、スマートフォンを手に持った高校生の集団が見えた。

「え、ただの高校生じゃない？」

「まぁ、そうなんだけどさぁ。きっと人気の動画配信者のコンテンツを観《み》て、ここに来たんだと思うよ。記念撮影《さつえい》をしたり、肝試《きもだめ》しをしたり、時には配信をしたりする子もいるんだよ」

「へぇ。詳《くわ》しいね！　で、動画配信ってどういう内容なの？」

私《わたし》がそう言うと、親友は呆《あき》れた顔をした。

「あんた、何にも知らないのね。心霊系《しんれいけい》の動画配信サイトでは、この大池遊園《おいけゆうえん》駅が結構取り上げられていて、有名なスポットになっているのよ」

「そうなんだ！」

「うん。この前観《み》た動画ではね、『絶対に降《お》りてはいけない駅』にランクインしていたよ」

「何それー。私《わたし》たち地元民にとっては、ちょっと心外だよねぇー」

「そうそう。それに、間違《まちが》った情報もあってさ。駅のホームに人魂《ひとだま》が飛んでいるとか、白いワンピースを着た若《わか》い女の霊《れい》が出るとか。そんなもの一度も見たことないっつーの！」

親友は苦笑しながら毒を吐《は》いた。

「あっ。でもさ、テケテケのことはちゃんと紹介《しょうかい》されていたよ。列車事故によって体を分断された女性の霊《れい》が、両腕《りょううで》を足のようにしてさまよっているって」

「わぁ、そうなんだ！」

「うん。あと、テケテケが出す質問に答えられなかった人は、テケテケに下半身を引きちぎられるとかって」

「ええ、ヤバい！　それ初耳だって！」

「ふふふっ。私《わたし》も聞いたことないし」

私《わたし》と親友は一緒《いっしょ》になって笑った。

「そうだ。ホームに現れる少女の霊《れい》のことは話していた？」

「紹介《しょうかい》されていた！」

「へぇ、すごいじゃん！　あっ……」

そのとき、先ほど見かけた高校生が、私《わたし》たちの近くまでやって来た。

「あー。やっぱり写真を撮《と》ってる」

「でしょ。みんな、やることは同じなんだねぇ」

「……ねぇ、どうする？」

「うーん……。まだ太陽が出ているし〝出るのは〟やめておこうかな」

「そうだよね。足もとが明るいうちはねぇー」

私《わたし》がそう答えると、親友は鋭《するど》いツッコミを入れてきた。

「あんた。足もとって、下半身ないじゃん！」

「あー。確かに！」

私《わたし》は両腕《りょううで》で上半身を起こすと、わざとらしく視線《しせん》を下に向けた。

「いいなあ、少女の霊《れい》は。全身があるし、妖怪扱《ようかいあつか》いもされないし」

「まぁまぁ。この駅にいるもの同士、仲よくしましょうよー」

そう言い合っている私《わたし》たちの体を、高校生たちは通り抜《ぬ》けていった。

鳥取県

規則正しい足音

ある夏の日。クラスメートたちと肝試《きもだめ》しをすることになった私《わたし》は、集合場所の裏山《うらやま》にやって来た。

「ねえ、あの人だれ？」

クラスメートのリカコが見知らぬ男性と話している。私《わたし》はマユカに尋《たず》ねた。

「ああ。リカコのおじいちゃんだって」

「えっ、何でいるの？　もしかして肝試《きもだめ》しに参加する気⁉」

「そうみたい。子どもたちだけだと危険《きけん》だとか言って、無理やりついてきちゃったんだって。でもまぁ仕方がないじゃん。あっ、全員集まったみたいだからグループ分けをしよう！」

マユカは事前に用意していたあみだくじの紙を取り出した。

(おじいちゃんと一緒《いっしょ》のグループになったらどうするのよ……)

と、思っていた不安は見事的中し、私《わたし》はマユカとリカコと、おじいちゃんと同じグループになってしまった。


「ほーら。ここのお墓の周りはキレイだろう？　ワシら老人会のみんなが掃除《そうじ》をしたり、草むしりをしているから、いつもキレイに保たれているんだよ」

肝試《きもだめ》しが始まると、おじいちゃんは歩く先々でいろいろな話をしてくれた。


しばらくして古い石碑《せきひ》の前に差しかかったとき、近くの草むらから何かが動く音が聞こえてきた。

「ねえ、この音って何だろう？　足音みたいだけど」

「足音？　何も聞こえないよ……」

「他のグループの子たちじゃない？」

私《わたし》以外の３人には聞こえていないようだった。

すると、おじいちゃんが何かを思い出したかのようにボソリと呟《つぶや》いた。

「もしかすると、兵士たちの足音が聞こえているのかもしれんな……」

「え、兵士？」

「ああ。ここの墓地には、日露《にちろ》戦争から太平洋戦争にかけて亡《な》くなった数多くの兵士たちが眠《ねむ》っているんだ。ときどき、列を作って歩く兵士たちの霊《れい》が現れると聞くから、その足音かもなぁ」

その話を聞いた瞬間《しゅんかん》。突然《とつぜん》、空気が変わったのを感じた。

ザッ……ザッ……ザッ……ザッ……ザッ……ザッ……ザッ……

遠くから、規則正しい足音が聞こえてくる。目を凝《こ》らすと、墓石の間からぼんやりとした影《かげ》が浮《う》かび上がり始めた。その影《かげ》は次第《しだい》にはっきりとした輪郭《りんかく》を描《えが》き、古びた軍服に身を包み、顔には生気がない兵士たちの姿《すがた》になった。

「キャーッ！」

私《わたし》は悲鳴を上げ、隣《となり》にいたマユカにしがみつこうとした。しかし、つい数秒前まで一緒《いっしょ》にいたはずのみんなの姿《すがた》がない。そのかわりに、数え切れないほどの兵士たちが私《わたし》を取り囲んでいた。

「……あっ、いた……！　見つかった!!」

ふと我《われ》に返ると、血相を変えた3人が駆《か》け寄ってきた。

「肝試《きもだめ》しの途中《とちゅう》で急にいなくなって、みんなすごく心配していたんだよ！　この辺りも何度も探《さが》したのに！　ねえ、3時間もどこにいたの!?」

島根県

狂《くる》った磁場《じば》のせい

「もっ、もちろん外から見るだけだよね!?」

「ああ。安心してよ。そんな勇気は僕《ぼく》にもないって」

ミノルの言葉に、フウカは安堵《あんど》の笑顔《えがお》をみせた。


枕木山《まくらぎさん》に建つこの廃《はい》ホテルが、実は〝幽霊《ゆうれい》ホテル〟と呼《よ》ばれていることを知ったのはつい数日前のことだった。

ミノルとフウカが所属する大学のサークルの仲間たちと怪談《かいだん》になったとき、たまたま廃《はい》ホテルの話題になったのだ。

「俺《おれ》が聞いたのは、おかっぱ頭の女の子の霊《れい》が出るっていう話だな」

と、ある人が言えば、

「肝試《きもだめ》しにやって来たグループの一人が行方不明《ゆくえ》になって、今も見つかっていないらしいよ」

と、別の人が言い、さまざまな噂《うわさ》が飛び交《か》っていた。

そこで廃《はい》ホテルに興味を持ったミノルがフウカを誘《さそ》い、実際に見てみようということになった。


「いろいろ調べたんだけど、枕木山《まくらぎさん》の周辺って、磁場《じば》が狂《くる》っているらしいんだ」

廃《はい》ホテルの外観をぐるりと一周しているとき、ミノルがボソリと言った。

「え、磁場《じば》？」

「うん。どうやら山頂《さんちょう》にあるテレビの電波塔《とう》が影響《えいきょう》しているみたいで、磁場《じば》がおかしくなって、霊《れい》が集まりやすくなっているとか」

フウカが山の上に視線《しせん》を移すと、夕闇《ゆうやみ》に浮《う》かぶ電波塔《とう》のシルエットが見えた。

「でも、確かに不気味な感じはするよね。今日、ここに来てみて、異様《いよう》な空気が漂《ただよ》っているのはわかったわ」

「うん。そもそも枕木山《まくらぎさん》自体が自殺の名所なんだよね」

「へぇ、そうなんだ」

フウカは立ち止まり、ミノルの方を向いた。

「そうそう。この廃《はい》ホテルでも、ホテル内で殺人事件が起こって、オーナーが自殺したっていう噂《うわさ》があるんだ。枕木山《まくらぎさん》は、松江城《まつえじょう》から見て〝鬼門《きもん》〟の位置にあたるから、悪い影響《えいきょう》を受けやすいっていう話もあるみたいだよ」

「そっか。いろいろな因縁《いんねん》がある土地なのね……」

フウカがそう言った瞬間《しゅんかん》、廃《はい》ホテルの外階段《かいだん》から足音が聞こえた。

ダンッ、ダンッ、ダンッ、ダンッ、ダンッ

それはまるで、怒《いか》りに満ちた者が階段《かいだん》を駆《か》け上がっているかのように重く、力強い音だった。

「こんな時間に、こんな場所に人がいるわけがないし……」

「どうしよう！　ヤバい、ヤバいっ！」

青ざめたふたりは、全速力でその場を立ち去った。


その夜。フウカが帰宅《きたく》すると、ちょうど夕食をとっていた両親や弟が、不思議そうな顔つきでフウカをまじまじと見た。

「あれ？　フウカ……。さっき帰ってきたよね？」

「何を言っているのよ。たった今、戻《もど》ったばかりじゃない」

フウカが否定《ひてい》すると、弟が首をかしげながら言った。

「ええ!?　俺《おれ》、姉ちゃんが２階に上がる足音を聞いたよ。『ダンッ、ダンッ、……ダンッ、ダンッ』って。めっちゃ機嫌《きげん》が悪いんだなって思った」

岡山県

キューピーの館

連日の大雨の影響《えいきょう》で、週末に遊びに行くはずだった予定が流れ、私《わたし》は家にこもって動画ばかり観《み》ていた。

「あーあ。すごい雨。いつになったら晴れるんだろう……」

窓《まど》を打ちつける雨音に耳を傾《かたむ》けながら、私《わたし》はため息をついた。

すると、スマートフォンの着信音が鳴った。クラスメートのナナミからだ。

「もしもし、レナ？　ニュース見た？」

開口一番、ナナミは興奮《こうふん》した様子で問いかけてきた。

「ニュース？　何があったの？」

「土砂崩《どしゃくず》れよ！　この前、みんなで行ったキューピーの館の辺り。ネットで調べてみたら、キューピーの館も崩壊《ほうかい》しちゃったんだって！」

「えーっ!?　本当？」

私《わたし》は上半身を起こして、大声を上げた。


キューピーの館とは、岡山市内にある、かつての宗教施設《しゅうきょうしせつ》だ。ボロボロに崩《くず》れた建物内には、キューピーをはじめとする数多くの人形たちが天井《てんじょう》や壁《かべ》からぶら下がっていたり、床《ゆか》に散乱《さんらん》していて、その異様《いよう》な光景に地元の人たちの話題を集めていた。また、心霊《しんれい》現象も起こると噂《うわさ》されていて、私《わたし》たちは軽い気持ちで肝試《きもだめ》しに行ったのだ。


「でも、特に異常《いじょう》なことも起きなかったし、崩壊《ほうかい》する前に行くことができてよかったよね。ナイスタイミングだったわ！　じゃあねー」

ナナミは軽い調子でそう言うと、電話を切った。

その夜。ベッドの中でスマートフォンをいじっていた私《わたし》は、ふと気になって、キューピーの館で撮影《さつえい》した写真を見返していた。

「あれ……？」

画像フォルダを眺《なが》めていると、おかしなことに気がついた。撮影《さつえい》した覚えのない写真がいくつかあるのだ。それらは同じキューピー人形を写したもので、顔のアップだったり、横からの姿《すがた》だったりと、複数のカットが存在《そんざい》していた。

「こんな写真……、撮《と》ってないよね……」

そう不気味に感じた瞬間《しゅんかん》、布団《ふとん》の中の足にコツンと何かが当たった。

ひんやりと冷たく、固い質感。水気を含《ふく》んでいて、少し濡《ぬ》れているようにも思える。私《わたし》は意を決して、布団《ふとん》をガバッとめくった。

足元には、写真と同じキューピー人形が転がっていた。

広島県

見てはいけない山のモノ

「おーい、ミキト。お前、今日は暇《ひま》か？」

居間でダラダラとテレビを観《み》ていると、背後《はいご》から俺《おれ》を呼《よ》ぶ声がした。

振《ふ》り向くと、作業着姿《すがた》の祖父だった。祖父は若《わか》い頃《ころ》から林業の仕事をしていたが、引退後《いんたいご》もときどき山に入って、森林の手入れをしているようだった。

「うーん、まぁね。じいちゃんは仕事？」

「ああ、そうなんだが、今日手伝ってくれるはずだった若《わか》い衆《しゅう》が急に来られなくなってなぁ。どうだ、お前。一緒《いっしょ》にやってくれないか？」

「ええー。俺《おれ》、何にもできないよ」

顔の前で手をパタパタと振《ふ》ると、祖父はニヤリと笑《え》みを浮《う》かべて、財布を取り出した。

「もちろん、タダとは言わないぞ。簡単《かんたん》な雑草取りなら力もいらないし、お前でもできるだろうよ」

「……わかった。やる！」

臨時収入《りんじしゅうにゅう》の機会をみすみす逃《のが》すわけにはいかない。俺《おれ》は二つ返事をすると、動きやすい服装《ふくそう》に着替《きが》えて、祖父の車に飛び乗った。

「おーい、ミキト。ちょっと休憩《きゅうけい》をしようか」

山に入って小一時間くらいが経《た》った頃《ころ》、祖父が声をかけてきた。

「わかったー！　そっちへ行くよー」

俺《おれ》は祖父が作業をしている場所へ向かい、切り株《かぶ》に腰《こし》をかけた。澄《す》んだ空気が漂《ただよ》い、鮮《あざ》やかな緑が生《お》い茂《しげ》る山のなかは思いのほか快適で、清々《すがすが》しい気持ちになる。祖父も仕事の手を止めて、近くの岩に座《すわ》った。

「……ところで、お前。何か変なことは起きなかったか？」

「変なこと？　例えば、どんな？」

「男の叫《さけ》び声が聞こえたりとか、変なものを見たりとか……」

「別に何もなかったけど。っていうか、どうしてそんなこと聞くの？」

祖父は少し困《こま》ったような表情を浮《う》かべ、話を始めた。


「戦時中、この山には遺体処理場《いたいしょりじょう》があったそうでな。集められた死体は丁寧《ていねい》に供養《くよう》されることもなく、穴《あな》に入れられ、そして火を点《つ》けられたという。そんないわくつきの場所だから、不可解な現象が起こることもあるんだ」

「じゃあ、じいちゃんも見たことあるの？」

「ああ。ある日、山に入っていると、耳をつんざくような叫《さけ》び声が聞こえてな。声がする方に目をやると、何かが草木をかき分けて、こちらに向かってくるのに気がついたんだ。それで……」

その時。俺《おれ》たちが休んでいる場所から少し上の方から、ガサガサッという音が聞こえた。見ると、山の斜面《しやめん》の一部から炎《ほのお》が上がっている。

「じ、じいちゃ……！」

「見るなっ！」

俺《おれ》と祖父は同時に声を出した。祖父は青ざめながら、視線《しせん》を足もとに落とし、息を殺している。その気迫《きはく》に圧倒《あっとう》され、俺《おれ》も同じようにするしかなかった。

次の瞬間《しゅんかん》。近くの茂《しげ》みから炎《ほのお》の塊《かたまり》が飛び出し、山道をゴロゴロと転がり始めた。何とも言えない焦《こ》げたような臭《にお》いと、熱気がすぐそばまで迫《せま》ってくる。

ゴロンッ
ついに炎《ほのお》は俺《おれ》の足の先をかすめた。はっきりとではないが、燃え盛《さか》る火の中に、苦痛《くつう》にゆがんだ男の顔や、焼けただれた手足が見えたような気がした。

山口県

おいでおいで

「きょうは全然ダメだったなぁー」

鮎釣《あゆつ》りをするために佐波川《さばがわ》の上流に出かけた僕《ぼく》たちだったが、あまりの不漁に予定時間を繰《く》り上げて帰ることにした。

「あーあ。せっかくの休日だったのに」

車のなかでも、僕《ぼく》が未練がましくため息をついていると、運転をしていたリツキが口を開いた。

「じゃあさ。今からちょっと寄り道して帰ろうぜ」

「寄り道?」

「うん。まぁ鮎《あゆ》が釣《つ》れるわけじゃないけど、少しは刺激《しげき》が得られるかな」

そう言うと、リツキはハンドルを右に切り、脇道《わきみち》に入っていった。

「よーし、着いたぞ！」

「着いたって……。このトンネルが目的地なのか？」

リツキは頷《うなず》き、僕《ぼく》らはトンネルのなかに足を踏《ふ》み入れた。トンネル内は闇《やみ》が深く、冷たい空気が漂《ただよ》っている。まるで時間が止まってしまったかのような静《せい》寂《じゃく》が辺りを包んでいた。

「で、このトンネルに何があるんだよ？」

僕《ぼく》がそう言うと、リツキは苦笑いしながら、話を始めた。

「あるんじゃなくて、いる、って感じかな？」

「はぁ？」

「実はこのトンネル、結構有名な心霊《しんれい》スポットらしくて、幽霊《ゆうれい》がよく目撃《もくげき》されるんだって。前にそんな話を聞いて、一度来てみたかったんだー」

リツキはまったく怖《こわ》がる様子もなく、のん気に話を続けた。

「その幽霊《ゆうれい》は、トンネルのなかで『おいでおいで』をしているそうなんだ。近づくと、いつの間にか離《はな》れた場所にいて、また手招きをしていて……」

「そ、それで？」

「この手招きに素直《すなお》についていくと、最終的には、この近くのダムに引きずり込《こ》まれるっていう噂《うわさ》なんだ。というわけで、ここへ来た記念に……」

そう言うと、リツキは自撮《じど》りモードにしたスマートフォンを空中に掲《かか》げ、もう片方《かたほう》の手で〝手招きポーズ〟を作った。

「ほら、お前も同じポーズしろって。撮《と》るぞー。はい、チーズ！」

シャッター音とともに、僕《ぼく》たちのおどけた表情が画面に映《うつ》し出された。

その夜。帰宅《きたく》して、部屋で寛《くつろ》いでいると、ポケットに入れていたスマートフォンが鳴った。それはリツキからの画像送付の通知で、「マジでヤバい」というコメントが添《そ》えられていた。

意味がわからず、とりあえず画像を開いてみると、送られてきたのはトンネルのなかで撮影《さつえい》したツーショットだった。

「ん？」

画像を眺《なが》めていると、僕《ぼく》たちの背後《はいご》に白いボールのようなものが浮《う》かんでいるのに気がついた。画像のその部分を指で拡大《かくだい》すると、それは腕《うで》の部分から先だけの人の手だとわかった。

「うわぁっ!!」

僕《ぼく》は思わず声を上げ、スマートフォンを床《ゆか》に落としてしまった。

そのとき、部屋のドアの隙間《すきま》に自然と視線《しせん》が向かい、暗闇《くらやみ》のなかで何かが動いているのが見えた。

宙《ちゅう》に浮《う》かぶそれは、5本の指をくねらして、おいでおいでをしていた。

香川県

峠《とうげ》のお地蔵《じぞう》さま

「うわっ！　カイト、マジでスピード出しすぎだぞ！」

「いやいや、これが楽しいじゃないかよ」

「そうそう、心配ないって。俺《おれ》たちの車くらいしか走ってないんだから」

顔を引きつらせているダイキとは対照的に、運転をしているカイトやほかの仲間たちは、へらへらと笑っていた。

週末の夜。ダイキを含《ふく》めた5人は、深夜のドライブに興じていた。

ふいに誰《だれ》かが「見晴らしがよい場所に行きたい」と言い出し、瀬戸内海《せとないかい》が一望できる大坂峠《おおさかとうげ》の展望台《てんぼうだい》へ繰《く》り出すことになった。

「まぁ夜だから、昼間の絶景は観《み》られなかったけどな……」

「別にいいじゃん。このスリルが味わえているんだから！」

大坂峠《おおさかとうげ》へと続く道路はヘアピンカーブの連続で、ドライバーにとっては走りづらい。その一方で、あえてスピードを出してこの道を走行し、そのスリルを楽しむ〝走り屋〟も多い。

「……なぁ。さっきから道路の脇《わき》に、ボーリングのピンみたいなものがポツポツと立っているだろ。あれ、何だ？」

ダイキが尋《たず》ねると、カイトは「ああ」と小さく呟《つぶや》いて答えた。

「あれは、地蔵《じぞう》だよ。どうして置かれているのかはわからないけど」

「ふーん。そっか」

「この辺りは事故が多いから、事故死した人の霊《れい》を弔《とむら》うために地蔵《じぞう》が立っているっていう説があるな。結構いわくつきの場所なんだよ、大坂峠《おおさりとうげ》って」

そう言うと、カイトはアクセルを踏《ふ》み、さらにスピードを上げた。

速度と比例するように全員のボルテージも上がり、大声で叫《さけ》んだり、音楽を大音量で流したりして盛《も》り上がっていた。

……その時だった。


「うるせぇな！」


5人の誰《だれ》の声でもない、怒《いか》りに満ちた男の声が辺りにこだました。

一瞬《いっしゅん》、車内は静まり返り、続いて耳をつんざくようなカイトの叫《さけ》び声が響《ひび》き渡《わた》ると、けたたましいブレーキ音とともに車は宙《ちゅう》を舞《ま》った。

それから間もなくして、事故があった道路の近くに、真新しい5体のお地蔵《じぞう》さまが立った。

愛媛県

嘆《なげ》きのキリシタン

「ねぇねぇ、ミク！　それどうしたの？　彼氏《かれし》からのプレゼント？」

放課後、親友のカエデと歩いて帰る途中《とちゅう》、彼女《かのじょ》は私《わたし》の首元を見ながら、そう言った。

「あ、これ？　そんなんじゃないよ。この前、ショッピングモールで見つけたの。かわいいでしょう？」

私《わたし》は身につけていたネックレスを手に取って、カエデに見せた。ペンダントトップにはゴールドの十字架《じゅうじか》がキラリと輝《かがや》いている。カエデはまじまじと見つめながら「かわいい、かわいい」と連呼《れんこ》していた。

その時、ふと誰《だれ》かの視線《しせん》を感じた。

横を見ると、私《わたし》の身長くらいの高さの柵《さく》があり、「立入禁止」と書かれたボードが取り付けられていた。

（この柵《さく》の向こうから、誰《だれ》かが見ていたのかなぁ……）

ぼんやりと考えていると、カエデが口を開いた。

「ここ、衣山刑場跡《きぬやまけいじょうあと》って言うんだよ。今は松山刑務所《けいむしょ》が管理する墓地になっているから立入禁止なの」

「へえ。よくこの道を通るのに気がつかなかった。刑場跡《けいじょうあと》っていうことは、罪人が処刑《しょけい》されていたってこと？」

「うん。江戸《えど》時代からあったみたい。それに、当時弾圧《だんあつ》されていたキリシタンの人たちも、ここに捕《と》らえられていたって聞いたことあるよ」

「キリシタン？　それって長崎の話じゃないの？」

私《わたし》は首を捻《ひね》って、カエデの顔を見た。

「うん、そうそう。長崎で摘発《てきはつ》されたキリシタンが、ここに流刑《るけい》されたのよ。ひどい衛生環境《えいせいかんきょう》だったみたいで、数年後に解放されたけれど、8人のキリシタンが赤痢《せきり》で死んじゃったんだって」

「えー。かわいそう……」

私《わたし》はもう一度柵《さく》の方を見て呟《つぶや》いた。


その後、カエデと別れて帰宅《きたく》すると、母が困惑《こんわく》した様子で駆《か》け寄ってきた。

「ねえ。さっきね、家の前に変な人たちがいたのよ。髪《かみ》はボサボサで、肌《はだ》も黒ずんでいて、おまけに着物なんか着ているの。ずっと無言で立っていたの」

「えっ!? 何それ、不気味……」

「でしょう。一体何がしたかったのかしら……。8人くらいの集団でね」

それを聞いた瞬間《しゅんかん》、私《わたし》の脳裏《のうり》にキリシタンの話がよぎった。

母が体験した話をカエデに共有すると、すぐにメッセージが返ってきた。

「その８人の集団が、キリシタンの幽霊《ゆうれい》だったっていうこと？」

「わかんないけど……」

と、文字を打っていると、さらにカエデからのメッセージが続いた。

「そうだ！　ミク、十字架《じゅうじか》のペンダントをつけていたでしょ？」

「え、うん。それがどうかした？」

「きっとミクの十字架《じゅうじか》を見て、自分たちの仲間だと思ったんじゃない？　それで助けを求めて現れたとか？」

ネックレスが触《ふ》れている首筋《くびすじ》に、ひやりと冷たいものを感じた。


「ミクッ、ミクーッ!!」

突然《とつぜん》、叫《さけ》びながら、血相を変えた母が部屋に入ってきた。

「さっきの集団が、庭にいる……」

徳島県

封《ふう》じられたトンネル

「あ、ユナ。今日来られたんだ！　門限あるって言ってたのに」

「うん。実は親に内緒《ないしょ》で抜《ぬ》け出してきちゃった。だって楽しそうだもん」

ユナは舌《した》を出し、いたずらっぽく笑った。そして私《わたし》たちはサークル仲間の車に乗り込《こ》むと石井トンネルを目指した。目的はズバリ、肝試《きもだめ》しだ。

「ねえ、石井トンネルってもう使われていないんでしょ？」

「うん。新童学寺《しんどうがくじ》トンネルが開通したからね。だから石井トンネルの入り口は、隙間《すきま》もないくらいにコンクリートでピッタリと封鎖《ふうさ》されているんだって」

「それって不気味だよね。まるで閉《と》じ込《こ》めたい〝何か〟があったみたい」

車内では石井トンネルにまつわる噂《うわさ》や心霊《しんれい》話が飛び交《か》っていた。ぺちゃくちゃとおしゃべりをしていると、いつの間にか目的地に到着《とうちゃく》していた。

「うわぁ……。ここかぁ」

闇《やみ》の中に現れた石井トンネルは不気味だった。しかし、穴《あな》が塞《ふさ》がっているので中に入ることもなく、外観を見るだけですぐに車に戻《もど》ることにした。


そのとき、突然《とつぜん》ユナの携帯《けいたい》電話の着信音が鳴った。

「あーあ、親だ。家を出てきたのがバレちゃったみたい……」

ユナは「**お母さん**」と表示された画面を見せ、うんざりした顔で通話ボタンを押《お》した。しかし、眉《まゆ》をひそめて「もしもし」と繰《く》り返している。

「あれ、ここ電波が悪いのかな。うまく聞き取れないわ」

そう言うと、ユナは携帯《けいたい》電話のスピーカーをオンにした。ガーガーという雑音の中に、くぐもった女性の声が聞こえてくる。

「……ネェ……イマ……トンネルデ……ナニシテタノ……」

高知県

惨劇《さんげき》の海岸

「うわっ。めっちゃいっぱい持って来てるじゃん！」

抱《かか》えきれないほどの花火を携《たずさ》えて現れたナツキを見て、僕《ぼく》とコウタは思わず声を上げた。

「だってせっかくの花火なんだからさ、いっぱい楽しみたいじゃんか」

そう言って、ナツキはガハハと笑った。


8月も半ばに差しかかったある日。長い夏休みを持て余していた僕《ぼく》たちは、集まって花火でもしようということになった。場所は近所の住吉《すみよし》海岸だ。

住吉《すみよし》海岸の一帯は、道の駅や美しく整備されたビーチパークが広がる人気のスポットで、特に夏の間は大勢の人たちで賑《にぎ》わっている。

しかし、なぜか今日に限って、海岸は不思議なくらい人影《ひとかげ》がなかった。

「マジで？　俺《おれ》たちの貸し切り!?　ラッキー！」

「いやいや。ほら、あっちの岩に腰掛《こしか》けているおじいさんが見えるだろう。正確には、俺《おれ》たちとおじいさんの貸し切りだぞ」

無邪気《むじゃき》に喜ぶナツキに、コウタの鋭《するど》いツッコミが炸裂《さくれつ》する。僕《ぼく》たちはひと笑いした後、さっそく花火を始めることにした。

バケツに海水を入れ、袋《ふくろ》から花火を出し、と準備を進めていると、背後《はいご》から砂《すな》を踏《ふ》む音が近づいてきた。振《ふ》り返ると、あのおじいさんが立っていた。

「君たち。ここで花火をやったら、いかんよ」

おじいさんは怒《おこ》るでもなく、優《やさ》しい口調で諭《さと》すように言った。

僕《ぼく》たちはわけもわからず、おじいさんにその理由を尋《たず》ねた。

「どうして花火をしてはいけないかって？　それは、太平洋戦争の終戦日の翌《よく》日《じつ》に、この海岸で起こった悲惨《ひさん》な出来事に由来するんだ」

おじいさんはそう言うと、ひと呼吸《こきゅう》置いてから話を始めた。

「1945年8月16日。停戦命令が出ているはずの司令本部から、この地に配属されていた軍に出撃《しゅつげき》命令が下されたという。その真偽《しんぎ》は不明だが、兵士たちは出撃《しゅつげき》の準備を始める。しかし、その最中に船から火が出て、積まれていた爆《ばく》薬《やく》に引火。凄《すさ》まじい爆発《ばくはつ》によって、111名もの若《わか》い兵士たちが命を落としたんだよ……」

僕《ぼく》たちが無言で聞いていると、ナツキがおじいさんに食って掛《か》かった。

「だけどさ、その出来事と花火の禁止がどうつながるわけ？」

おじいさんは、ナツキの目を見ながら、再び口を開いた。

「実はな、今もこの住吉《すみよし》海岸には、兵士たちの霊《れい》がうごめいているそうな。花火のように光や音を出すものは、爆発《ばくはつ》事故を思い出して、敏感《びんかん》に反応すると言われている。特に、お盆《ぼん》の時期は注意したほうがいい」

話を終えたおじいさんは、自分の言葉に「うん、うん」と小さく頷《うなず》くと、どこかへ行ってしまった。

「……どうしよっか。花火」

「やる？　それとも、あのおじいさんの忠告《ちゅうこく》に従《したが》う？」

僕《ぼく》とコウタが考えていると、突然《とつぜん》、ナツキが１本の花火に火をつけた。

「ここまで来たら、やるしかないでしょ！」

ナツキはそう叫《さけ》ぶと、花火を持つ手を回しながら海岸を走り出した。すでに日は落ち、薄闇《うすやみ》に包まれた海岸で、ナツキの周囲だけが異様《いよう》に明るかった。

そんなナツキの背後《はいご》に、ボロボロの軍服を着た兵士たちの姿《すがた》が見えた。

福岡県

トンネルの中の光

「あー。やっぱり立入禁止だわ」

「なんだ、せっかく中に入れると思ったのに」

トンネルの入り口に張り巡《めぐ》らされたフェンスを前に、俺《おれ》たちは肩《かた》を落とした。

ここ、旧仲哀《ちゅうあい》トンネルは福岡でも有数の心霊《しんれい》スポットだ。

19世紀末に完成し、国の登録有形文化財に登録されるほどの歴史のあるトンネルだが、落盤《らくばん》の恐《おそ》れがあるとして現在は閉鎖《へいさ》されていた。

肝試《きもだめ》しをするために訪《おとず》れた俺《おれ》たちは、トンネル内に入れる場所がどこかにあるのではないかと期待していたが、ムダだったようだ。

「トンネルの中で、男のうめき声が聞こえるんだっけ？」

フェンス越《ご》しにトンネル内を懐中電灯《かいちゅう》で照らしていたゲンが、口を開いた。

「うん。だいぶ前に、このトンネルの近くで強盗《ごうとう》殺人事件があったんだって。その被害者《ひがいしゃ》の声が、今でもトンネル内でこだましているとか……」

俺《おれ》がそう言うと、今度はリョウジが話を始めた。

「実はウチのじいちゃん、かつてこのトンネルを通っていた路線バスの運転手だったんだ。その時に、トンネルの中で不思議な光景を見たって言ってた」

「……え、どんな？」

「バスを走行していると、いきなりトンネルの中がオレンジ色の光でいっぱいになったんだって。よく見ると、提灯《ちょうちん》を持った集団がいて、目の前を横切ったって。きっとあれは〝キツネの嫁入《よめい》り〟に遭遇《そうぐう》したんだって話してたよ」

そう言われて俺《おれ》は、昔、絵本か何かで見た和装《わそう》をしたキツネの集団が歩くシーンを思い浮《う》かべていた。

「なぁ、トンネルの中にガラスとか鏡とか、反射《はんしゃ》するものがあるのかな？」

突然《とつぜん》、ゲンが思いがけないことを言った。

「ほら、見てみろよ。俺《おれ》の懐中《かいちゅう》電灯の光があっちに反射《はんしゃ》しているだろう」

「あっ、本当だ……」

しかし、それにしては妙《みょう》だ。俺《おれ》たちが照らしているのは一つの懐中《かいちゅう》電灯だけだが、反射《はんしゃ》する光は複数ある。というよりも、増えているように見える。


やがて、その光の集団はトンネルの壁《かべ》にシルエットを映《うつ》し出した。動物だか人間だかわからないが、とにかく大勢の影《かげ》がこちらに向かって進んでくる。

「う、うわぁあああああっ！　逃《に》げるぞっ！」

俺《おれ》は、ゲンとリョウジの手を取って、勢いよく走り出した。そして、やっとのことで車に戻《もど》ると、深い呼吸《こきゅう》をして、車内のライトを点《つ》けた。

そこで見たふたりの顔は、目がつり上がり、まるでキツネのようだった。

佐賀県

屋上の客

大学に入り、僕《ぼく》はショッピングセンターの警備員《けいびいん》のアルバイトを始めた。

その日、遅番《おそばん》だった僕《ぼく》と先輩《せんぱい》社員のムラタさんは、警備室《けいびしつ》で監視《かんし》カメラのモニターチェックをしていた。

時間は深夜0時を回るところで、すべてのショップは閉店《へいてん》していて、客はもちろん、従業員《じゅうぎょういん》たちの姿《すがた》もなかった。

「あれっ？」

突然《とつぜん》、ムラタさんが1台のモニターの前に顔を近づけた。

「どうしたんですか？」

「ほら、これ見てよ」

ムラタさんが示す人差し指の先には、真っ暗な画面があった。

「あー、気づかなかったな。さっきまで照明が点《つ》いていたはずなのに」

「このモニターって、屋上のエレベーター前のカメラだよな」

「そうですね。電気系統《けいとう》のトラブルかも。ちょっと見てきますね」

「ああ、頼《たの》むよ」

僕《ぼく》は警備室《けいびしつ》を後にして、屋上のエレベーターホールへ向かった。

ポーン
到着音《とうちゃくおん》とともに、エレベーターのドアが開くと、眼の前の空間はこうこうとした明かりに照らされていた。
「おかしいな。照明は問題なさそうだけど……」

そのとき、何気なく屋上に続く通路に目をやった。

すると、窓《まど》ガラスの向こう側に人が立っているのに気がついた。

「えっ……。まだ屋上に残っている人が？」

以前、屋上で居眠《いねむ》りをしていた人が、屋上のドアの施錠後《せじょうご》に目を覚まして、閉《と》じ込《こ》められたという話を聞いたことがあった。

しかし、その人は焦《あせ》っている感じもなく、助けを求めている風でもなかった。

ただそこに立って、こっちをじっと見ているだけだ。

「話しかけたほうがいいのかな」

そう思って近づいてみると、突然《とつぜん》、その人の体がグニャリと曲がった。

しかも、首や関節が通常ではありえない方向に反っている。

「うわぁあああっ！」

僕《ぼく》は、全速力でその場から逃《に》げ出し、警備室《けいびしつ》へ駆《か》け込《こ》んだ。

「ムラタさんっ！　い、いまっ、屋上で……！」

息を切らしながら、自分の身に起きた出来事を必死に伝えようとすると、ムラタさんも焦《あせ》った様子で僕《ぼく》に尋《たず》ねてきた。

「おっ、おい！　ケガ人は大丈夫《だいじょうぶ》か？　どこにいる？」

「……えっ？　ケガ人？」

思わず、ぽかんと口を開けてしまった。

「お前が出て行ってしばらくしたらモニターの画面が直ったんだよ。そしたら、人を背負《せお》っているお前の姿《すがた》が映《うつ》っていてびっくりしたよ。屋上にケガ人がいて、介抱《かいほう》していたんだろ？」

長崎県

バイク乗りのタブー

僕《ぼく》がバイクの免許《めんきょ》を取ったのは高校2年生のときだった。

それから間もなくして、アルバイトでコツコツと貯《た》めたお金を握《にぎ》りしめ、中古のバイクを買った。

「えっ！　入り口に停《と》めてあったの、ユタカのバイクだったの？」

「やったなー。念願のマイバイク！」

家族には黙《だま》っていたので、見慣れないバイクが置いてあることに驚《おどろ》いていた。

「わーい！　兄ちゃん、今度貸してー！」

と、歳《とし》の離《はな》れた弟のナギが言ったときは、家族全員が爆笑《ばくしょう》した。

「わははは！　貸すのはいいけど、ナギが乗れるのは10年後だぞー」

「えー。ケチー！」

頬《ほお》を膨《ふく》らませたナギを見て、再び爆笑《ばくしょう》の渦《うず》に包まれた。


その夜。風呂《ふろ》から上がると、リビングにいた父が手招きをした。

「どうしたの、父さん」

「バイクのことなんだが……」

その父の表情から、よくない話だと察した僕《ぼく》は、〝バイク禁止令〟でも出されるのかとヒヤヒヤした。しかし、父の口から出たのは、意外な話だった。

「お前、日見《ひみ》トンネルを知っているか？」

「日見《ひみ》トンネル？　聞いたことある気がする。国道のとこのトンネルかな、車で通ったことあるっけ？　そのトンネルがどうかした？」

僕《ぼく》が尋《たず》ねると、父はさらに厳《きび》しい顔になった。

「もし、日見《ひみ》トンネルをバイクで通ることがあったら、注意したほうがいいぞ。いや、なるべくなら通らないほうがいい……」

「え、どうして？」

「うーん。俺《おれ》は、ああいうのは信じないタイプだったんだが……」

父はそう前置きをして、話を続けた。


「俺《おれ》も若《わか》い頃《ころ》はバイクに乗っていたんだが、日見《ひみ》トンネルを通るたびに、肩《かた》が重くなったり女の叫《さけ》び声が聞こえたりと、不気味な現象が起こってさ。ある日、友達に相談してみたら、〝出る〟ことで有名な場所だったんだよ」

「出るって……。まさか、これ？」

両手をダラリと下げて前に突《つ》き出すと、父はコクリと頷《うなず》いた。

「ああ。友達が言うには、昔、日見《ひみ》トンネルでバイクに乗ったカップルの死亡《しぼう》事故があったらしいんだ。運転していた男性は助かったが、後ろに乗っていた女性はトラックとバイクに挟《はさ》まれ、腰《こし》から下を引きちぎられた……。もちろん即死《そくし》だ。それ以来、トンネル内で怪奇《かいき》現象が起こるようになり、『上半身だけの女性の幽霊《ゆうれい》を見た』と言う人も少なくないそうだ」

「……そっか、わかった。大丈夫《だいじょうぶ》だよ。通らないようにする」

僕《ぼく》がそう言うと、父は少しホッとしたように笑顔《えがお》を見せた。

それから半年ほど過ぎ、バイクの運転にもだいぶ慣れた頃《ころ》。僕《ぼく》は県外での用事を済《す》ました後、近道をして帰ろうと、うっかり日見《ひみ》トンネルを通ってしまった。そのときは気づかなかったが、トンネルを通過した直後から肩《かた》や腰《こし》が重くなり、「もしかして」と地図アプリで調べたら、日見《ひみ》トンネルだったのだ。

帰宅《きたく》後、父に相談しようとリビングに向かうと、ナギが僕《ぼく》の方を見て言った。

「兄ちゃん。どうして女の人をおんぶしているの？」

熊本県

美しい川の罠《わな》

「ナナちゃん、見て！　あの水の色、すごくキレイ！」

「うわぁ、本当だ！　リカちゃん、早く川に行こう！」

私《わたし》とナナちゃんは後ろを振《ふ》り向くと、遅《おく》れて歩いてくるそれぞれの両親に向かって「もう、みんな早く！」と手招きをした。

小学校の同級生であるナナちゃんは、幼稚園《ようちえん》から一緒《いっしょ》の幼《おさな》なじみだ。

家が近所で、しかも私《わたし》と同じひとりっ子なので、小さい時から双子《ふたご》の姉妹のようによく一緒《いっしょ》に遊んでいた。今日は夏休みの日曜日ということもあって、お互《たが》いの家族合同で立神峡《たてがみきょう》に遊びに来ていた。

避暑地《ひしょち》としても知られる立神峡《たてがみきょう》は、石灰岩《せっかいがん》の岸壁《がんぺき》と下を流れる氷川《ひかわ》が織りなす景色が美しい渓谷《けいこく》だ。氷川沿《ひかわぞ》いにはキャンプ場やログハウスなどがあり、夏には川遊びやバーベキューを楽しむ人たちで賑《にぎ》わっている。

私《わたし》たちは手を取り合うと、川岸へと走り出した。

ゆるやかに流れるエメラルドグリーンの水は、夏の強い日差しを反射《はんしゃ》して、本物のエメラルドのようにキラキラと輝《かがや》いている。浅瀬《あさせ》では小さな子どもたちが楽しそうに水をかけ合って遊んでいて、その子どもたちの足の間には、大きな白い魚がゆらゆらと泳いでいた。

「楽しそうだね！　私《わたし》たちも入ってみようよ」

「うん！」

私《わたし》たちはビーチサンダルを履《は》いたまま川の水に足を浸《つ》けた。

すると次の瞬間《しゅんかん》、背後《はいご》から大きな怒鳴《どな》り声が聞こえてきた。

「こらぁ！　子どもだけで川に入っちゃダメだっ！」

恐《おそ》る恐《おそ》る振《ふ》り返ると、鬼《おに》の形相《ぎょうそう》をしたナナちゃんのお父さんが立っていた。

私《わたし》たちは反射的《はんしゃてき》に川から上がると、素直《すなお》に謝《あやま》った。

「ご、ごめんなさい……」

「……あぁ。いきなり怒鳴《どな》って悪かったね。でも、こんな穏《おだ》やかな川でも、恐《おそ》ろしい一面があるんだよ。……パパは昔、この川で友だちを亡《な》くしたんだ」

「えっ!?」

私《わたし》たちが思わず声を上げると、ナナちゃんのお父さんは遠くを見つめた。

「あれは中学1年生の夏休みだったな。パパは同級生たちと、ここで川遊びをしていたんだ。しばらくして一人の姿《すがた》が見えないことに気がついた。これは大変だと、パパはゴーグルをつけて水中に飛び込《こ》んだ。すると、川の深みにはまっている同級生が見えた。急いで助けようと思って近寄ると、彼《かれ》の足には〝何か〟

が絡《から》みついているのが見えた」

「何かって……？」

ナナちゃんが聞くと、ナナちゃんのお父さんは急に視線《しせん》を落とした。

「……手だった。真っ白な手が、同級生の足を掴《つか》んでいたんだ」

『キャーッ！』

私《わたし》たちが叫《さけ》ぶと同時に、川の方からも同じような悲鳴が聞こえた。

駆《か》け寄ってみると、川岸に人だかりができていて、何人かの大人たちが川の中に入っていた。その先には、うつ伏《ぶ》せの状態で川に流されている、小さな男の子の頭が見えた。

「さっき浅瀬《あさせ》で遊んでいた子だ……」

ナナちゃんがボソリと呟《つぶや》いた。

その瞬間《しゅんかん》、私《わたし》は子どもたちの足の間を泳いでいた白い魚の正体を理解した。

大分県

人の気配

　ある日、仕事仲間で居酒屋に集まり、飲み会をしていた。

　どういう流れでそうなったのかは覚えてはいないが、僕《ぼく》たちは「これまでの人生の中で、いちばん怖《こわ》かったこと」をテーマに話すことになった。

「オレ、つい最近あったんだよ……」

　いつも無口で自分から話をすることがないタカセさんが口を開いた。

「へえ、どんな話ですか？」

「高速道路の近くに『赤迫《あかさこ》の池』っていうため池があるだろ。あそこはブラックバス釣《つ》りの穴場《あなば》で、土曜日の朝に釣《つ》りに行こうと思ってさ」

　タカセさんは、表情を変えずに淡々《たんたん》と語っていた。

「でも、前日の金曜日に遠くで仕事があって遅《おそ》くなるのはわかっていたから、家に帰らずに、池の駐車場《ちゅうしゃじょう》で仮眠を取って朝を待つことにしたんだ。それで、車を停《と》めて寝《ね》ていると……、目を閉《と》じていても感じるんだよ」

「感じるって、何がですか？」

「人の気配さ。あんな辺ぴな場所で、しかも真夜中に人がいる状況《じょうきょう》なんてあり得ないだろう。でも、はっきりと感じたんだ、人がいるって。それで……」

その場にいた全員が、固唾《かたず》を呑《の》んでタカセさんの顔を見た。

「……オレは、思い切って目を開けて、車内のライトを点《つ》けた。すると、すべての窓《まど》ガラスにたくさんの人間の顔が浮《う》かんでいたんだ。怪訝《けげん》そうな顔で、こっちを覗《のぞ》き込《こ》んでいてさぁ。まったく困《こま》ったよ、その後もずっとだもんな」

そう言うと、タカセさんは突《つ》き出した親指を、後ろの窓《まど》ガラスに向けた。

宮崎県

御池《みいけ》の怪異《かいい》

「うわぁ。キレイな夕陽《ゆうひ》！　湖がオレンジ色に染《そ》まってる」

アヤナが感嘆《かんたん》の声を上げると、リュウジは得意げな顔になった。

「うん。この絶景をアヤナに見せたくて、御池《みいけ》のキャンプ場を選んだんだ」

「ありがとう。すごくいい所だね。景色も最高だし、人もいなくて静かだし。まるで私《わたし》たちだけの貸し切りみたい！」

アヤナが満面の笑《え》みを浮《う》かべると、リュウジも大きく頷《うなず》いた。

御池《みいけ》は、都城市《みやこのじょうし》と高原町《たかはるちょう》にまたがる直径1キロメートルほどの火山湖だ。湖の畔《ほとり》にはキャンプ場や野鳥が住む森があり、豊かな自然を存分《ぞんぶん》に満喫《まんきつ》することができる。しかし、リュウジたちが訪《おとず》れたのはオフシーズンだったせいか、キャンプ場の人影《ひとかげ》は少なく、ほかに利用している人は〝ひとりキャンプ〟をしている男性くらいだった。

その後、とっぷり日が暮《く》れたところで、いきなりリュウジが話を切り出した。

「そろそろ、行ってみようか？」

「え、行ってみるって？　どこに？」

戸惑《とまど》っているアヤナに、リュウジはニヤリと笑《え》みを向けた。

「ふふふ……。肝試《きもだめ》しさ」

「えーっ！　でも私《わたし》……」

アヤナが反論《はんろん》する間もなく、リュウジは話を続けた。

「この御池《みいけ》は〝出る〟ことでも有名なんだよ。実はここ、自殺の名所でもあって、湖の底には何体もの死体が沈《しず》んでいると言われているんだ。それに、湖の周辺の林で首吊《くびつ》り自殺をする人も少なくないらしいし」

「変な事を言わないでよ。なんだか怖《こわ》くなってきた……」

アヤナは両腕《りょううで》をさすりながら、周囲をキョロキョロと見回した。しかし、強引なリュウジに押《お》し切られるような形で、結局は肝試《きもだめ》しに行くことにした。

「よし、行こうぜ！　この緑道をぐるっと回れば、15分くらいでまたここに戻《もど》って来られるからさ」

アヤナはしぶしぶ頷《うなず》くと、先を歩いていくリュウジの後を追った。

闇《やみ》と静寂《せいじゃく》に包まれた森の中は、ふたりの足音と、時おり風が木々を揺《ゆ》らす音がだけが響《ひび》いている。

しばらく進むと、これまで勢いよく歩いていたリュウジの足音が急に止まった。アヤナが前を見ると、リュウジは硬直《こうちょく》したまま、ある一箇所《いっかしょ》を懐中《かいちゅう》電灯で照らしていた。

「……ど、どうしたの？」

不審《ふしん》に思ったアヤナが視線《しせん》を移すと、懐中《かいちゅう》電灯で照らされた木々の間に、明らかにこの世の者ではない青白い顔をした人間が、ジーッとこちらを見ていた。

「キャーッ!!」

その瞬間《しゅんかん》、アヤナは悲鳴を上げ、リュウジをその場所に残したまま、無我夢《むがむ》中《ちゅう》でもと来た道を駆《か》け出した。そして、キャンプ場まで戻《もど》ってくると、御池《みいけ》の畔《ほとり》を歩く、ひとりキャンパーの男性の姿《すがた》が目に留まった。

「すみません、あの、さっき……。あそこの森の中で……」

つい今しがた起こった出来事を伝えようと、アヤナは男性に声をかけた。

すると、男性は驚《おどろ》いた表情でアヤナを見て、こう言った。

「あなた、俺《おれ》のこと見えるんですか？」

鹿児島県

心霊写真《しんれい》の名所

「うわぁー！　すごい！」

眼下に広がる絶景を眺《なが》めながら、アズサは思わず声を上げた。

そんなアズサの様子を見て、チヒロも頬《ほお》をゆるめる。

「でしょう？　鹿児島に来たなら城山公園は絶対に外せないよ。桜島や錦江湾《きんこうわん》まで一望できるんだもん」

チヒロは得意げな様子で、大げさに手を広げた。

「さすが鹿児島出身！　チヒロに案内してもらってよかったー！」

アズサは微笑《ほほえ》んで、手をパチパチと叩《たた》いた。

今回、チヒロに誘《さそ》われた旅で、アズサは初めて鹿児島の地に足を踏《ふ》み入れたが、さっそくこの街が気に入ってしまった。

「そうだ！　桜島をバックに写真を撮《と》ってあげるよ！」

チヒロの提案にアズサは喜んで頷《うなず》いた。

「あっ。ちょっと待って」

チヒロがスマートフォンを構えると、アズサは右手を出して静止した。

「え、どうかしたの？」

「順番でしょ。ちょっと待とう」

背後《はいご》を気にしながらそう言うアズサに、チヒロはわけもわからず、目をシバシバさせた。

「順番って何よ。誰《だれ》もいないでしょ。ほら、早くポーズを作って」

「……えっ？」

今度は、アズサが怪訝《けげん》そうな顔つきになった。

「だって、後ろに女の子がいるでしょ。順番を待った方が……」

「女の子？　そんな子、どこにもいないよ」

チヒロは眉《まゆ》をひそめて、アズサの背後《はいご》を見た。

アズサがもう一度後ろを振《ふ》り返ると、つい数秒前までそこにいたはずの女の子の姿《すがた》が消えていた。周囲を見渡《みわた》しても、そのような女の子は見当たらない。

「えっ？　えっ？」

アズサは状況《じょうきょう》が飲み込《こ》めず、混乱《こんらん》していた。

そんなアズサとは対照的に、チヒロは落ち着き払《はら》った様子でこう尋《たず》ねた。

「ねえ。その女の子って、どんな姿《すがた》だった？」

「ええと、おかっぱ頭だった」

「服装《ふくそう》は？」

「んーと、ストンとしたワンピースだったかなぁ。赤っぽい服を着ていて、ちょっとレトロな雰囲気《ふんいき》だったかな……」

アズサが答えると、チヒロは一呼吸《ひとこきゅう》置いて、こう言った。

「それ、城山公園に出る幽霊《ゆうれい》だよ」

「幽霊《ゆうれい》!?」

しっかり者で論理的《ろんりてき》な性格のチヒロの口から「幽霊《ゆうれい》」という言葉が発せられたことに、アズサは驚《おどろ》いた。

「そう、幽霊《ゆうれい》。城山公園ってね〝心霊《しんれい》写真の名所〟でもあって、おかっぱの髪《かみ》型《がた》をした女の子の霊《れい》がよく写真に写り込《こ》むんだって。昔、同級生からその写真を見せてもらったことがあって、アズサの言う通りの見た目だったの」

それを聞いたアズサは、急に背筋《せすじ》が寒くなるのを感じた。

「で、女の子はどんな様子だった？　どんな顔？　何か喋《しゃべ》っていた？」

矢継《やつ》ぎ早《ばや》にチヒロの質問が飛んだが、アズサは「よく覚えていない」と、首を横に振《ふ》るばかりだった。

その時だった。アズサのスカートを、誰《だれ》かがツンツンと引っぱった。

首をゆっくりと横に向けたアズサの目の前に、あのおかっぱ頭の女の子が立っていた。目が合うと、女の子はニーッと薄笑《うすわら》いを浮《う》かべた。

次の瞬間《しゅんかん》。前後に揺《ゆ》れた女の子の首が、いきなりボトリと落ち、アズサの足元をぐるりと回った。

女の子はアズサを見つめながら「ひゃひゃひゃっ」と笑っていた。

沖縄県

喜屋武《きゃん》岬《みさき》の禁句

この夏、私《わたし》たち一家は念願の沖縄旅行に出かけた。

那覇《なは》空港に降《お》り立つと、すぐにレンタカーに乗り込《こ》み、父の運転でドライブだ。道路から見える海は透《す》き通るようなマリンブルーで、私《わたし》の胸《むね》は高鳴った。

「お姉ちゃんー。これからどこに行くのー？」

隣《となり》に座《すわ》っている妹のハナが、私《わたし》の腕《うで》を揺《ゆ》さぶって聞いてきた。

「うーん。どこだろう？　ねえ、パパ。私《わたし》たち、どこに向かっているの？」

運転席の父に尋《たず》ねると、父は「うーん」と首を横に傾《かたむ》けた。

「え、まさか決まっていないとか!?」

私《わたし》が顔をしかめると、助手席の母が話に入ってきた。

「この道をまっすぐ進むと、喜屋武岬《きゃんみさき》に行けるみたいよ。断崖《だんがい》からの眺《なが》めは最高で、目の前には大海原が広がっているんだって！」

「おおっ！　いいねぇ。じゃあ、そこに行こう！」

調子のいい父の態度に、私《わたし》と母は目を合わせて笑った。

その笑い声につられたのか、まだ幼《おさな》いハナも手を叩《たた》いて喜んでいた。


途中《とちゅう》、道路沿《ぞ》いの定食屋に寄って早めのお昼ご飯を食べてから、私《わたし》たちは喜《き》屋武岬《やんみさき》に到着《とうちゃく》した。


「うわー。こりゃすごい眺《なが》めだなぁー！」

父は感嘆《かんたん》の声を上げて、カメラのシャッターを切っている。私《わたし》とハナと母は手をつないで、崖上《がけうえ》からの眺《なが》めを恐《おそ》る恐《おそ》る楽しんでいた。

すると、母が突然《とつぜん》思い出したように、ボソリと呟《つぶや》いた。

「……でも、こんなにキレイな場所なのに、戦争中は激戦地《げきせんち》だったのよね。この岬からも大勢の人たちが身を投げて亡《な》くなったって、さっきの定食屋のおばさんが言っていたわね」

「うん。あっ、あと、あのおばさん、喜屋武岬《きゃんみさき》には幽霊《ゆうれい》が出るっていう話をしていたよ。そのときママはトイレでいなかったけど」

私《わたし》は、定食屋のおばさんから聞いた話を、母にも教えてあげた。

「喜屋武岬《きゃんみさき》には、〝鼻がない〟女の人の幽霊《ゆうれい》が出るんだって。その人、結婚《けっこん》する直前にひどい事故に遭《あ》って、鼻の部分が無くなっちゃったの。それで『こんな顔じゃ生きていけない』と悲しんで、ここから飛び降《お》りて死んじゃったんだって！　それでね、その幽霊《ゆうれい》を呼《よ》び出す方法も聞いたんだ！」

「え？　幽霊《ゆうれい》を呼《よ》び出す方法？」

母は目を見開くと、私《わたし》に顔を近づけてきた。

「うん。そうだよ。その方法はね、ここから海に向かって『鼻もー（はなもー）』って叫《さけ》ぶの。そうすると女の人の幽霊《ゆうれい》が現れて、叫《さけ》んだ人を海に引きずり込《こ》んじゃうんだってー」

「ふふふ。もしそれが本当だったら、怖《こわ》いねぇー」

母は信じていない様子で、ハナちゃんに話しかけていた。

すると、夢中で写真を撮《と》っていた父が、私《わたし》たちの方をくるりと向いた。

「おーい。海の写真も撮《と》りたいからさ、浜《はま》に下りてみるよー」

そう言って父は手を振《ふ》ると、背《せ》を向けて海の方へ歩き出してしまった。

その姿《すがた》を見たハナは、自分も一緒《いっしょ》に行くと駄々《だだ》をこね始めた。

「パパ待ってー！　ハナも行くー！　ハナもー！　ハナもー!!」

その瞬間《しゅんかん》、見たこともない恐《おそ》ろしい勢いで海に向かって走り始めた。

Series 14

3分後にゾッとする話　最凶《さいきょう》スポット

著　　者　野宮麻未・怖い話研究会

イラスト　マニアニ

執筆協力　栗林拓司

発 行 者　鈴木博喜

編　　集　池田菜採

発 行 所　株式会社理論社
〒101-0062　東京都千代田区神田駿河台2-5
電話　営業03-6264-8890　編集03-6264-8891
URL　https://www.rironsha.com

2024年11月初版
2024年11月第1刷発行

ブックデザイン　東 幸男（east design）

印刷・製本　中央精版印刷

ISBN978-4-652-20655-3 NDC913 四六判 19cm 191p

※本書は『47都道府県 実は恐ろしい場所 上・下巻』（理論社刊）の一部を翻案した作品を収録しております。